让阅读走心
让阅历丰盛

# 亲密关系就是你与自己的关系

看见爱情更好的样子

许深◎著

廣東旅游出版社
GUANGDONG TRAVEL & TOURISM PRESS
悦读书·悦旅行·悦享人生

中国·广州

**图书在版编目（CIP）数据**

亲密关系就是你与自己的关系 ：看见爱情更好的样子 / 许深著. — 广州 ：广东旅游出版社，2021.6

ISBN 978-7-5570-2485-7

Ⅰ. ①亲… Ⅱ. ①许… Ⅲ. ①长篇小说－中国－当代 Ⅳ. ① I247.5

中国版本图书馆 CIP 数据核字（2021）第 091789 号

**亲密关系就是你与自己的关系：看见爱情更好的样子**

Qinmi Guanxi Jiushi Ni yu Ziji de Guanxi: Kanjian Aiqing Genghao de Yangzi

---

广东旅游出版社出版发行

（广州市荔湾区沙面北街71号　　邮编：510130）

印刷：北京晨旭印刷厂

（北京市密云区西田各庄镇西田各庄村）

联系电话：020-87347732　　邮编：510130

880毫米×1230毫米　32开　10印张　170千字

2021年7月第1版第1次印刷

ISBN　978-7-5570-2485-7

定价：56.00元



---

# 目录

## 亲密关系就是你与自己的关系：看见爱情更好的样子

# 楔子

## “白骨精”终将成为“剩斗士”？

周五傍晚的北京，每一条环线都被汽车尾灯刷成了阴郁的红黑色，从高处俯视下来，倒也是蔚为壮观。

此刻，林晓鸣就坐在东三环旁一座大厦顶层的落地窗前。看上去她好像凝视着窗外，但你如果有机会从窗外与她对视的话，会发现她的目光因毫无焦点而散乱。

“林小姐，”服务生礼貌但充满距离感的声音又一次响起，“林小姐，需要再为您换一杯热咖啡吗？”

林晓鸣瞟了一眼手机上的时间，快七点了，叶阑应该快到了吧。

“不用了，我朋友应该很快就到了，我们一会儿直接点餐吧。”

林晓鸣的话音还没落，就见一个裹在黑色修身大衣里的纤细身影冲到了她的桌前，“亲爱的，抱歉抱歉，太堵车了，你来很久了？”叶阑张开双臂，热烈地拥抱了一下林晓鸣，“快抱一个，快三个月没见了，想死我了。”

叶阑是林晓鸣大学时的闺密，是睡在上铺的姐们儿。两个人都是从北京考到上海的姑娘，相似的求学经历让两人很快成了形影不离的好友，大一的第一学期基本上是在彻夜卧谈中度过的，两人之间从不存在秘密，只不过两个人的生活轨迹大相径庭——叶阑大学毕业后一年就和男友结婚生子，做起了全职太太，现在一儿一女膝下环绕，而林晓鸣到今天还不知道自己孩子他爹在哪个地方“仙游”。

“你怎么了？”叶阑松开拥抱林晓鸣的双臂，感觉对方不甚热情，用手扶起林晓鸣的脸，“怎么这么憔悴，这两个大黑眼圈，你们最近又开盘了？”

林晓鸣是地产圈里有名的女强人，只要公司有项目开盘，她经常会加班督战，一定要全线飘红才肯放手休息。

“没有，”林晓鸣拂开叶阑的手，“快点菜，等他走了慢慢说。”她指了指一旁的服务生。

叶阑很快地点了几个菜，她很清楚，吃饭不是今晚的主题。打发走了服务生，叶阑拉起林晓鸣的手：“到底出什么事了？”

“我被劈腿了，”林晓鸣身体缩进沙发里，头靠在了叶阑肩膀上，“我失恋了。”

“劈腿？就那个宋磊？吃你的喝你的，还敢劈腿？”叶阑声音顿时高了两度，想到自己此刻正在五星级酒店的餐厅里，她压制住心里的怒火，沉声道，“你是怎么知道的？”

“他昨天晚上出去喝酒，凌晨回家告诉我说他喜欢上别人了。”林晓鸣的声音渗透出冰冷的绝望。

“什么？！”叶阑恨不得跳起来骂娘，“这年头连吃软饭的劈腿都这么理直气壮了！”

“是我自己破坏了游戏规则，当初说好不要婚姻、不要情感，就是在一起开心而已，但我不知道自己什么时候开始真的喜欢他了。”林晓鸣低垂着头，头发遮挡住了面颊，泪水湿润了头发。

“你……唉！”叶阑真想数落林晓鸣几句，但毕竟姐妹连心，看着她伤心欲绝的样子，又是无比的心疼。轻叹了口气，叶阑抬起手，环住身侧的林晓鸣。自己的闺密里，属林晓鸣情路坎坷，在她看来，林晓鸣美丽、能干，家里家外一把手，和哪个男人在一起，都是付出和奉献的一方，这么个完美的女人，怎么就遇不到一个真心相待的男人呢？

“晓鸣，我最近认识了一个情感方面的专家，是从美国回来的，你去找他做一次情感方面的咨询吧，看看有没有办法让你未来的感情顺利些。”

“情感专家？”林晓鸣接过叶阑递过来的纸巾，擦拭了一下脸上的泪，“他能让宋磊爱上我吗？”好像自嘲一样，她脸上浮现出苦涩的笑容，“大师说了，我的命盘就是婚姻不好。像我这样的‘剩斗士’，找专家就是给人家添堵，别坏了专家的威望是真的。”

“晓鸣，我不许你这么说你自己！”叶阑两手扶住了林晓鸣的双肩，强迫她面朝着自己，“你抬头看看我，亲爱的，我知道你今天很伤心，你可能没精力顾及我，但现在你好好看看我，我有什么变化吗？”

林晓鸣擦拭了一下再次涌出的泪水，抬起头看向叶阑。说实话，从叶阑出现到现在，她的确没仔细看过叶阑，悲伤蒙住了她的心，让她对一切都视而不见。尽管如此，林晓鸣敏锐的感知力却始终都在，一旦被好朋友“被观察”的要求唤醒，她马上注意到，眼前的叶阑，与三个月前见她时的样子截然不同——叶阑周身散发着盎然的生命力，就好像回到了大学宿舍里林晓鸣第一次见到她时的样子一般，全然没有了这十年家庭主妇生活带给她的焦虑和不自信。

“你这是……”林晓鸣有点儿疑惑，“满血复活了吗？”

“哈哈，我的女神终于还魂了！”叶阑俨然对林晓鸣的反应很满意，“本来我这次就是计划和你分享一下我找夏宇咨询的事情，想让你有机会也去找他聊聊。我和他咨询了快两个月了，我自己觉得帮助特别大，起码不用天天缠着你陪我谈心，日子才能过得下去了，连我们家老沈都夸我变化很大呢！”叶阑说得口渴了，才想起进了餐厅连口水都没来得及喝，她端起桌上的柠檬水，一口气干得见了底，放下杯子接着道，“我知道你什么事情都有自己的主见，让你去找别人帮忙太难了，我也没本事说服你一定要听我的。但现在既然你被宋磊劈腿了，恐怕是老天爷要送你一段幸福的婚姻，让宋磊给腾地方也说不定。”叶阑拉起林晓鸣的双手，深深看进林晓鸣的双眼，说道：“晓鸣，你在感情上，是我见过最不吝啬付出、最敢爱敢恨的女人，你值得被人好好疼爱，值得拥有真正的幸福。所以亲爱的，你一定要去见见夏宇，他肯定能帮到你。”

叶阑的最后几句话，像熊熊燃烧的壁炉一样温暖了林晓鸣的心。林晓鸣鼻子一酸，眼泪又充满了眼眶：“谢谢你，亲爱的。”林晓鸣抱住了叶阑哽咽道：“幸亏有你，让我觉得还没有被这个世界抛弃。”

叶阑的心里也被林晓鸣的脆弱搅动得有点儿伤感，她吸吸鼻子，故作轻松地说：“瞧你说的，林总，你这么重要的大领导，世界哪儿敢抛弃你啊！”

“打扰一下，林小姐，给您上一下菜。”不知何时，服务小姐已站在桌边，后面跟着端菜的服务生。

“小姐，麻烦你帮我开一瓶存在这里的红酒。”吩咐过服务小姐后，林晓鸣扭过头对叶阑说，“今天你要陪我喝酒，还要负责送我回家。”

“就你那点儿酒量，估计一会儿我就能送你回家了。”叶阑笑着伸出手，“车钥匙先拿过来，省得我一会儿翻你的包。”

“对对，车钥匙。”林晓鸣从书包里找出车钥匙递给叶阑，又叮嘱道，“我家门锁的密码你还记得吧？吃完饭报我的电话号码结账，我在这里有卡。”

“知道啦，林总！您还有什么吩咐没有？”见林晓鸣摇了摇头，叶阑举起了面前的红酒杯，“来，现在让我们一醉解千愁吧！”

# 01 / 命运到底能不能改变?

叶阑拉开卧室窗帘的时候，林晓鸣的酒还没有完全醒，突然照进房间的阳光晃得她睁不开眼。疼痛欲裂的额头提醒着林晓鸣，她前一晚的肆意酒醉。林晓鸣呻吟了一声，抓起被子遮住了脸。

“大小姐，没酒量还学人家醉酒，后果很严重吧。”叶阑不识趣地拉开了林晓鸣刚刚拽上来的被子，连抱带拉地将她扶坐了起来，随后把一个杯子塞到了她手里。“快把柠檬蜂蜜水喝了，我现在去给你放水，你泡个热水澡发发汗就清醒了。我替你约了夏宇下午的咨询时间，你要赶紧醒醒才行。”

尽管靠坐在床头，酒精带来的睡意依然占据着林晓鸣的意识，她还无法对叶阑的话语做出反应。但宿醉后的口渴，让她下意识地举起杯子，一口气喝完了整杯柠檬蜂蜜水。柠檬的酸涩提振了林晓鸣的精神，蜂蜜淡淡的香甜温润了她的口腔，也滋养了她前一夜不胜负荷的肝脏，她长长地叹了口气，努力地睁开了肿胀的双眼。

“你刚才说啥？”被叶阑扶进浴室的时候，林晓鸣声音嘶哑地问道。

“我替你约了夏宇下午的咨询时间。”

“夏宇？谁是夏宇？”对这个名字，林晓鸣的记忆里一片空白。

叶阑知道现在和林晓鸣对话是一件事倍功半的费力差事，十几年的交情，她当然能够准确预见林晓鸣今天可能出现的一切反应，当务之急是快速解决宿醉后遗症，把林晓鸣的智商挽救回来。

“先泡澡。”叶阑手脚麻利地把林晓鸣按进了浴缸，之后转身出去从包里拿回了两瓶精油。先是朝水里滴了几滴迷迭香，随后搬了把椅子坐在浴缸边，用椰子油混合了一滴薄荷精油，为林晓鸣轻轻地按摩头部。

叶阑手指恰到好处的力度，轻巧地挤压着林晓鸣头脑中的疼痛，薄荷精油的清凉像是一道光电划开了她头脑中的混沌，水中的迷迭香随着蒸汽的升腾，樟木一般的香气弥漫在浴室里，经过她的呼吸道，将干净清爽的感觉带入她的身体。一刻钟的工夫，林晓鸣感觉自己好像又活过来了，舒了口气，她睁开了双眼，"真是太舒服了，你这是啥时候练就的高超技能啊，够专业水平了！"

"还魂了？"叶阑低头看了看林晓鸣，"我这是家庭主妇必杀技，为拯救我们家老沈的酒醉我特别去研究的，没想到今天用到你身上了。"叶阑边说边站起身来，"泡得差不多了，你起来冲一下吧，我去外面再给你准备一杯柠檬蜂蜜水。"

林晓鸣从浴室里出来的时候，叶阑正在打电话，听得出电话那端是干儿子核桃的声音，叶阑正在承诺他尽快回家。

"我没事儿了，你快回去吧，周末是你最忙的时候，还折腾你跑过来照顾我。"林晓鸣喝着柠檬蜂蜜水，忽然想起泡澡前，好像叶阑和她说过什么，一时却又想不起来，于是问道，"对了，刚才你和我说什么咨询？"

"是夏宇，我昨天和你说过的心理咨询师、情感专家，我帮你预约了他今天下午三点的咨询。我把他工作室的地址推给你，还有他助理的微信，你添加一下。万一找不到地方，你就联系他的助理。”叶阑嘴上说着话，手却一刻没停。话音未落，林晓鸣就听到自己放在客厅里的手机两声“滴”的声响，示意着微信信息已经到达。

“你这执行力也太强了吧？我还没准备好见咨询师呢啊！”林晓鸣凤目圆睁，一脸惊诧，“见他，我说啥啊？”

“说什么不用你操心，人家是专业的，会引导你的，到时候你有什么就说什么。”叶阑边说边穿上了大衣，“你可不许不去啊！夏宇的时间一般都要提前一个月才能约上，你这是命好，赶上今天有一个约了的客人临时出差，我费了好大的劲儿才游说他的助理帮我替你抢了这个时间。我今天下午要陪核桃去参加围棋考级，实在抽不开身，要不我就陪你去了。”

“行了，行了，你就别操心了，我保证，我一定去行了吧！”林晓鸣满脸的无奈，她知道如果她再说不去，叶阑一定会坐下来软磨硬泡到她去为止，“你路上慢点儿。”林晓鸣为叶阑打开门。

“吃点儿东西再出门，今天别开车了，否则警察查你一定是酒驾。”叶阑一边出门，一边叮嘱着。

“知道了，叶妈。”每当林晓鸣觉得叶阑唠叨，就管她叫“叶妈”。叶阑白了她一眼，走向了电梯间，就要拐弯前，忽然回过身冲站在门口的林晓鸣喊了一句:“你必须去啊!”

林晓鸣坐在夏宇工作室的接待区填表的时候,还有点儿恍惚,不知道自己为什么会听从叶阑的要求,来看什么劳什子的咨询师。在她的知识体系里,心理咨询师就是心理医生,需要看医生的都是病人,她又不是精神病,为什么要来看心理医生?

“林小姐,您这边请,夏宇老师在前面的咨询室等您。”接待小姐站在林晓鸣面前,身姿优雅地做了一个请的手势。

林晓鸣走进咨询室,见一名中年男子从办公桌后站起来,简洁的灰蓝色条纹衬衫,深蓝色的休闲裤,看上去舒服又洋气。“这把年纪保持得这么好!”林晓鸣在心里不由得给夏宇点赞。在她看来,始终能保持好身材的人,都不乏自律和坚持的特质,值得尊重。

“林小姐,你好!我是夏宇,或者叫我David也可以。”夏宇面带微笑地迎上来,引导林晓鸣坐到了左侧的沙发区。

“您好!夏宇老师,”林晓鸣礼貌地回应着夏宇,“您叫我晓鸣就行。”

“林晓鸣?”夏宇低头看了一眼手里的表格,好像在确认是哪几个字。

“清晨一只鸟在树林里叫，就是林晓鸣。”

林晓鸣对于自己名字的解释让夏宇不禁莞尔：“这解释很有趣，让你的名字一下子生动了。”

“也不是我这么解释。据我妈说，她在医院生我的那天早上，看见窗外有只鸟在枝头鸣叫，于是我就叫‘晓鸣’了。”

“看来，你妈妈很希望你有一个快乐的人生啊！”夏宇若有所思地看向林晓鸣。

林晓鸣不置可否地轻耸了一下肩膀，心中暗想：“一只鸟叫就快乐人生了？大叔是不是想太多了？”

见林晓鸣不想就这个问题继续交流下去，夏宇知道自己还需要进一步建立与林晓鸣之间的信任，才能让咨询工作顺利地进行下去。

“我简单介绍一下我自己，我从事心理咨询工作35年，之前一直在美国工作，2016年受中科院的邀请，回国做一个关于婚姻与家庭方面的课题研究，我的工作重心也就转到国内。”夏宇言简意赅地介绍了自己，随后话题一转，拉回到林晓鸣身上，“我知道今天的面谈，是你的朋友叶阑帮你预约的。她请我的助理转达了很长的一条讯息给我，大概的意思就是她觉得你是这个世界上最应该幸福的女人，有能力，有魅力，又有足够的爱心，但却始终没能找到一个珍惜你的付出的男人，她希望我能够帮你梳理一下是哪里出了问题。现在我想请问你，你同意叶阑的说法吗？或者你对你自己以及你的情感经历有其他的理解吗？你希望我能为你提供哪些帮助呢？”

不知是因为夏宇的声音会令人感到放松和平静，还是他的三连问启动了林晓鸣擅于解决问题的思考程序，林晓鸣之前一直纠结于“为什么要来看医生”的思绪中，此刻反而松弛下来。她沉默了一会儿，有些迟疑地开口道：“很抱歉，我其实不太确认您能不能帮到我，因为我请大师算过命，他说我命盘显示就是婚姻坎坷。我对每一段感情都尽过我最大的努力，所以我也不认为自己有什么问题，应该就是我的命不好吧！”

“这很有趣。”夏宇面露笑意，冲林晓鸣眨了眨眼，举起一只手比画道，“看来我需要拿个水晶球，才有能力为你提供帮助了。”

夏宇的幽默让林晓鸣“扑哧”一声笑了出来，咨询室里的气氛也随之轻松了不少。

“既然你认为一切都是你命不好造成的，那我们就来聊聊所谓的命运。”夏宇正色道，“无论是中国的五行八卦，还是国外的占星术，抑或其他预测的玄学，都是利用人的出生时间与宇宙对应的信息关系，来推断你有哪些所长，又有哪些所短，进而去预测这些长短在生命的长河里，与不同时间点的宇宙信息共振时，会有怎样的可能性。而这些长短外化在你的生命里，就表现为你的性格，所以经常有人说‘性格决定命运’。

“如果你不是第一次去找大师算命的话，我请你回想一下，过往大师所说的关于你的未来，是否都百分之百地应验了呢？”

林晓鸣想都没想，立刻回道：“当然没有啦！怎么可能百分之百应验呢？”

“是的，无论你找的大师是何等厉害，他也只能看出你未来的大致发展方向，而不可能断言你未来的唯一性。这是因为我们每个人当下的行为，都会作用于事件，改变事件的发展方向。但又是什么决定了我们面对一件事的行为方式呢？是我们在那个当下内心的信念。所以，在我看来，关于命运的完整逻辑就应该是：信念决定行为，行为决定习惯，习惯决定性格，性格决定命运。”

夏宇这一番话，林晓鸣充其量也就听懂了50%，但凭借着从读书开始就不断强化的抓重点的能力，林晓鸣清晰地记住了夏宇的最后一句话——“信念决定行为，行为决定习惯，习惯决定性格，性格决定命运”。她在心里默默地推衍着这句话的逻辑，一时间倒也找不到什么破绽。

“这么说，决定我们命运的根本在于我们的信念，那在您看来，我们的信念又是被什么决定的呢？”林晓鸣的好奇心被引发了，不由地追问道。

“信念与我们成长的环境及接受的教育有关，特别是6岁前，我们从经历中习得的认知，对我们的信念影响最大。通过心理咨询工作，我们最重要的也是去解决这些早年形成的对于我们人生产生障碍的信念。”

尽管林晓鸣并非一个忠诚的宿命论者，但此刻却也无法一下子接纳夏宇的理论，于是打趣道：“照您的说法，改变信念，也就能改变命运了？这么容易，大家都来找心理咨询师，大师们还不都失业了！”

“哈哈，”显然夏宇对林晓鸣的调侃并不在意，他笑道，“谁说改变信念容易了？你以为我一说，你的信念就会变了吗？我讲了这么一大通，你不还是充满怀疑？”见林晓鸣心思被说中了显得有些不好意思，夏宇的语气重新恢复到平和的状态，“改变信念是向内求索的过程，绝不是一蹴而就的事情，需要面对自己的勇气和坚持不懈的努力，其中一些至关重要的信念，我们甚至需要一生去觉察、去修正，所以这是一个真正意义上的勇敢者的游戏。”

“用一生去觉察和修正？”林晓鸣刚萌发的一点儿兴致，被这一句话又给吓回去了，“这信念一生都改不掉啊？恕我直言，那您说了半天不是伪概念吗？”

夏宇并没有立即正面回答林晓鸣的问题，而是接着前面的话说道：“信念的改变是一个过程，有点儿像英语当中的进行时状态，在整个过程中，你的每一次觉察，就是在那个时点上对于自己命运的一次修正。这也正是向内探索的有趣之处，你可以随时收获探索的成果。”

林晓鸣沉思了一会儿，抬头看向夏宇：“依照您刚才所说的那番话，针对我自己的情感问题，我可以理解为：我之所以不幸福，是我内在的信念导致的。如果我开始改变自己的信念，我的情感生活状况也会随之改变，我就能找到一个我爱的、也爱我的人并白头到老了，是吗？”

夏宇又一次抬手做出水晶球的托举状，笑着说道：“我又没拿水晶球，没法看见你的未来，所以也不能承诺你一定能找到一个你爱的、也爱你的人和你白头到老。不过，”他停顿了一下，正色道，“如果你开始改变自己的内在信念，我保证你一定可以变得越来越幸福。”

## 02 / 男人是“必需品”吗?

对于夏宇承诺的越来越幸福，林晓鸣觉得像是偷换了概念，她不甘心地追问:“您的意思是我不一定会找到能白头到老的人，但我依旧能幸福?”

“你觉得‘与一个人白头偕老’和‘你能幸福’，这两个条件，谁是谁的前提?”夏宇反问道。

“当然与一个人白头偕老是我能幸福的前提啊!”

夏宇的脸上浮现了一丝狡黠的笑容:“果真如此的话，那携手走进婚姻殿堂的男女，岂不是应该人人幸福，就算不是人人幸福，也应该是幸福的大概率人群吧?”

林晓鸣一时语塞，尽管她自己的情路坎坷，但身边结了婚的朋友过得幸福的也没有几个，偶尔谈起来，家家都是一地鸡毛，反倒有人羡慕她一个人自在逍遥。

“难道‘我能幸福’是‘与一个人白头偕老’的前提？这也说不通呀！不都说我们只有找到属于自己的另一半，生命才能完整吗？既然原本的生命是不完整的，又怎么可能幸福？”林晓鸣完全被夏宇的问题整糊涂了，喃喃地自言自语起来。

“幸福是一个人的内在感受，和单身还是结婚无关。一个充满幸福感的人，和一个志同道合的人走在一起，才有可能白头偕老；而一个缺乏幸福感的人，期待自己的另一半能让自己幸福，最终难免失望。不会游泳的人，经常换游泳池是不能解决问题的。”

林晓鸣一时找不到可以反驳夏宇的语言，她的内心却强烈地拒绝接受夏宇的观点，一种说不出的冲突感让她有些无所适从。于是，她垂下眼帘，避开了夏宇注视她的目光。咨询室内突然沉寂下来，让刚刚因交流而开始的能量流动又一次停滞了下来。

“晓鸣，此刻我感受到有悲伤在我的心里弥漫，我很好奇，你的内心此刻有怎样的感受？你愿意和我分享一下吗？”

夏宇的声音像是从很遥远的地方飘进了林晓鸣的耳朵，但

“悲伤”两个字让她内心的冲突感找到了落脚的归宿，悲伤的感觉固然不舒服，但比之前无所适从的感受让人踏实了许多。林晓鸣深吸了一口气，抬起眼，望向夏宇：“是的，我心里很悲伤。我不懂，我为什么会有悲伤的感觉？”

“这有很多的可能性，较大的可能性在于你一直认定找到另外一半是让你幸福的唯一方法，但今天这个信念突然被动摇了，你还没有准备好放弃自己的想法，接纳新的观念，但信念的舒适区已经不存在了，与已有的信念即将分离的现实，给你带来了悲伤的感受。”夏宇目光柔和地注视着林晓鸣，和缓地说道，“另外，我感受到你是一个需要时时刻刻都让自己做对的人，任何让你觉得自己错了的事情，都会让你不舒服。可能我们刚刚的交谈，让你觉得你自己一直以来都想错了，这也会增加你的悲伤感。”

“其实，你为什么悲伤并不是最重要的。”夏宇停顿了一下，声音变得越发深沉，“晓鸣，我想请你先去看见你的悲伤，如果你愿意，可以跟随着我下面的引导去尝试一下。请你轻轻地闭上双眼，缓慢地吸气，再缓慢地呼出来，保持你的呼吸……非常好，现在请感受悲伤在你身体的哪个部分停留，它有颜色吗？它有着怎样的质地以及形状？……非常好。现在，请将你的呼吸带到那里，缓慢地吸气，每一次都将气息带到悲伤的中心，然后缓慢地呼气，感受悲伤随着你的呼气被带出你的体外……”

夏宇的声音仿佛有一种魔力，林晓鸣觉得自己好像被催眠了，无意识地跟随着夏宇的声音闭眼、感受、呼吸。她感受到自己的胸口充斥着一团浓密的灰色团雾，随着吸气、呼气，雾气好像被稀释了一般逐渐淡开去。

“晓鸣，现在请跟随我的引导，在心中对你的悲伤默念‘我看见你了，我感受到你了，我会在这里陪伴你’，让我们用爱来关照你的悲伤。”

林晓鸣在心中重复了两遍夏宇的话，她忽然感觉鼻子酸酸的，好像有眼泪要夺眶而出，这反应完全不在她的预期之内，她一下子慌张了起来，忽地一下睁开了眼睛，瞪向了夏宇。

“发生了什么事情吗？”夏宇的声音依然平静，似乎对此并不感到意外。

“为什么我想哭？”林晓鸣盯着夏宇，带着点儿因为紧张而产生的防备，“你刚刚做了什么？是催眠我了吗？”

夏宇轻摇了一下头：“我刚刚只是用了一些催眠的引导方式，并没有在催眠你。你想哭，是因为你的悲伤终于被你看见，这是属于你的‘悲伤’的眼泪。”看到林晓鸣逐渐放松下来，夏宇问道：“流泪会让你慌张吗？”

“我不喜欢意料外的事情，也不喜欢自己在外人面前情绪失控。”林晓鸣有点儿尴尬地低下了头。

“明白了，很抱歉在引导之前，我没有向你说明可能发生的情况。以后我们工作的时候，我会尽可能多地提前告知。”

夏宇的歉意让林晓鸣很是意外，想想自己刚才的过度反应，她不好意思地笑了笑，算作是对夏宇的回应。

“刚才我看到前半程的引导中，你的跟随非常好，当时你看到什么或者感受到什么，可以和我分享一下吗？”夏宇将话题重新拉回到之前的工作上。

“嗯，我感受悲伤就堵在我这里，”林晓鸣将一只手压在自己的胸口处，“像一团深灰色的浓雾一样，后来您引导我呼吸，好像雾就越来越淡了，现在已经完全没感觉了。”

“非常好！你是个感受能力很强的人。”夏宇由衷地夸赞道，“这会有助于你未来的学习和改变。”

夏宇的评价让林晓鸣有点儿小惊喜，也化解了她因为自己刚才反应过激而在内在产生的小阴影的最后一丝碎片。这么一个小波折过后，她觉得自己好像没那么抵触和夏宇的对话了，甚至还有点儿佩服这个人的耐心和情商。

“老师，如果真像您所说，每个人自己就能幸福的话，我觉得根本就没必要再去找个男人一起生活了啊！您看现代社会大部分需求都可以用钱搞定，即便我想生个孩子，都能随便挑个好基因的精子解决，其他问题就更简单了。在我看来工作、挣钱比爱一个男人容易多了，其实我不想来见您的一个主要原因，就是我觉得太累了，不想再在情感方面做任何努力了……”想必是又触及了自己的伤心处，林晓鸣说到最后，情绪有点儿低落，不由得叹了口气。

林晓鸣的心态变化了，和夏宇说话的语气也随之发生了明显变化，少了几分验证，多了几分请教。夏宇自是能察觉到林晓鸣的微妙转变，他微微笑道：“像你这样事业成功的女性，自然能更多地掌握对自己生活的选择权。但你要觉察的是，你做出的选择，究竟是出于你自己的主动意愿还是被动意愿。所谓主动意愿，就是说当外部环境和条件发生变化的时候，你的选择方向不会因此而改变；而所谓的被动意愿，就是指你是限于目前的状况，不得不做出的决定或选择。就拿伴侣这件事来说，如果现在有一个各方面条件都不错的男人欣赏你、疼爱你，也表达了愿意与你长相厮守，你会告诉他‘很抱歉，我是个独身主义者吗’？”

林晓鸣迟疑了一下，缓缓地摇了摇头。

夏宇理解地点点头，接着说道：“这就说明你现在所谓的选择，事实上是你对现实的被迫妥协，是你想躲起来自我疗伤的一个阶段。当现在这段情伤随时间逐渐愈合的时候，你很可能就会卷入下一段感情中。”

“卷入下一段感情……”林晓鸣咧咧嘴，挤出一个苦笑，“听着都这么绝望啊！”

夏宇打趣道：“我要尊重案主（指咨询者）的意见啊！不是你一直告诉我，大师说你婚姻坎坷吗？”见林晓鸣当真要难过起来了，夏宇微微向前探了探身子，向林晓鸣靠近了些，沉声道：“我当然希望你的下一段情感能幸福，但是晓鸣，显然情感是你这一世的一个重要课题，所以我们不能寄希望于好运的突然降临。你的生命创造了一次又一次的感情创伤，不停地提醒你‘嗨，这里有伤口，看见了吗？’”

“哪里有伤口？”林晓鸣有点儿反应不过来，“您是指感情的伤口吗？我看见了啊！可我又能怎么办？”

“不是感情的伤口，”夏宇挺直身体，恢复了之前的坐姿，“而是你成长中的伤口，也是这些伤口构建了我们之前所说的信念，进而创造出现在这些感情伤口。越是我们生命中需要彼此敞开、亲密互动的关系，比如与父母的关系、与孩子的关系、与事业伙伴的关系，越是会反应或者说投射出自己内在的伤痛。而两性情感又是其中矛盾最多、冲突最大的关系模式，通常我们也会觉得最为痛苦。但如果你关闭了情感这条通道，其他层面的冲突就会加倍显现。说到底，亲密关系就是你与自己的关系，是让你照见自己的一面镜子，让你有机会看见你成长中的伤并疗愈它。”

夏宇这番话信息量有些大，林晓鸣双手交叉坐在沙发里沉默了一阵子。当她再次抬起头来的时候，夏宇在她的眼中看到了闪亮的光。

“如果我请您继续帮我咨询的话，我需要多久的时间才能疗愈自己的伤呢？”

“通常我会根据第一次和案主的工作状态，制订一个工作方案，在第二次的时候和案主讨论后再实施。但晓鸣，你是我回国后的第 1000 位案主，我从业以来一直执行一项规则，每完成 499 位案主，第 500 位案主我会进行陪伴型成长辅导。所以如果你确定了与我一起进行后面的工作，你将是我在国内的第二位陪伴型辅导的伙伴。”

“什么是陪伴……成长辅导？”林晓鸣满脸疑惑，完全摸不着头脑。

“就是在我的有生之年，只要你有需要，我也还有能力提供心理支持，你随时都可以走进我的咨询室，而且，”夏宇神秘地眨眨眼，“终身免费！”

“免费？”林晓鸣瞪大了双眼，疑问脱口而出，“为什么啊？”

“为了向我的恩师致敬。”夏宇的眼神飘忽了一下，随即又回到当下，望向林晓鸣，“这是一个很长的故事，如果你有兴趣，我以后可以讲给你听。现在，请问晓鸣，你愿意成为我的陪伴型辅导的伙伴吗？”

“嗯……”林晓鸣想了想问道，“我想知道，作为您的陪伴型辅导的伙伴，我需要承担什么样的责任或者义务呢？”

“你稍等一下，”夏宇站起身，走到办公桌前打开抽屉，拿出两页纸走到林晓鸣面前，递给她，“你看看，这是我们之间的协议，里面有你的责任和义务。”

协议不长，大概一页半的篇幅，林晓鸣很快就浏览完毕。她抬起头，冲着夏宇抖抖手里的纸：“就这么简单？我只需要读完书单上的书、每次做好学习笔记、每天拿出不少于30分钟的时间做练习，就能终身免费向您学习了？”

夏宇轻轻颔首，笑道：“你还少说了一条——要用你学到的东西去帮助其他人！”

“我又不是心理咨询师，怎么帮助别人？”林晓鸣轻声嘟囔着。

“真正能帮助他人的不是头衔，而是能力和意愿。”夏宇饶有深意地看着林晓鸣，“再说了，谁知道你未来会不会是个咨询师呢？”

# 03 / 书写是最好的疗伤

林晓鸣从包里掏出签字笔，在协议的第二页龙飞凤舞地签上了自己的名字，递给了夏宇："现在开始，您就是我的终身免费私教了。"她有点儿难以置信地呼了口气，"有点儿中了头彩的感觉，好像在做梦一样。"

"哈哈，当我的学生也不是件容易的事情。光是每天 30 分钟的练习以及练习日记，坚持下来也是难能可贵的。"夏宇将协议放在桌上，收了笑容，严肃地说道，"只说不练的心理学习，最后就是懂得一堆大道理，依然过不好这一生。所以，从今天开始，练习比你吃饭、睡觉还重要，这是你对于自己人生的最有价值的投入。"

“哦，”林晓鸣点点头，“那我回去到底练什么呢？”

“这周就练习看见自己的情绪，刚刚我引导你做的看见你自己的悲伤的过程还有印象吗？”

“有印象，不过不太确定能不能重复出来了。”林晓鸣面有窘态。

夏宇倒没有奢望林晓鸣能立刻重复练习内容，他一脸宽容：“练习的步骤我会发到你的微信上，你只要记得我引导你练习时的感受，自己练习的时候，尽量与记忆中的感受贴近就好。这个练习在你受到负面情绪干扰的时候可以随时做，或者在每天睡前练习，把一天的情绪清理一下。”

“好的……”林晓鸣好像想到了什么，一副欲言又止的模样。

“怎么了？有什么想问的都可以提出来。”夏宇两手一摊，笑道，“看看我是不是有求必应啊！”

林晓鸣被夏宇的口气逗笑了，随后带着几分不好意思地说：“老师，我刚刚和男朋友分手两天，如果我心里特别难受的时候，除了做您今天教的练习，还有什么其他的方法，可以缓解我的痛苦吗？”

“晓鸣，首先我想要你知道的是，你所体会到一切感受、情绪都应该被自己接受、允许，你不必为它们抱歉，更不应该以它们为耻，你所需要做的就是看见它们，然后将爱带到它们当中，这是我让你去做看见情绪练习最重要的目的。”

夏宇说的每个字都像小锤子一样敲在林晓鸣的心上，她觉得喉咙堵堵的，声音也有些哽咽：“我怕……那么多的伤心，我根本就没有力量把爱带来，我一个人的时候，会觉得自己完全被伤心吞没了。”

“只要你记得把呼吸带进来，带到你最伤心、最心痛的地方，你就一定有力量呼唤爱再次回来。”夏宇的声音里充满温暖和鼓励，“如果伤痛很强烈，你还可以把你心中的痛苦、委屈、愤怒、怨恨写下来。但无论你写了多少内容，记得在最后以这句话结尾——现在，我把这一切都留在这张纸上，从这一刻起，这些都已经是过去发生的事情，与我的未来再无任何关联！我已经准备好，迎接不一样的未来！”

林晓鸣用力地点点头，虽然双眸含泪，脸上却浮现出一抹笑容：“谢谢老师！我也不确定自己可以不可以，不过我一定会去努力的！”

林晓鸣到家的时候，天已经完全黑了下来。她刚进家门，叶阑的电话就过来了，她一边脱着大衣，一边用免提和叶阑复述着今天和夏宇见面的情景。当听说林晓鸣成了夏宇的陪伴型辅导伙伴，叶阑顿时兴奋地在电话里尖叫起来："真的吗？真是太棒了！我就说嘛，老天爷肯定是要成就你的幸福，才让你现在恢复单身的！你看，现在运气自己都找上门来了，夏宇居然成了你的免费老师！你看着吧，过几天你的 Mr. Right 就会出现了！"像是想到了什么，叶阑的口气忽然严肃了起来："林晓鸣，我可警告你啊，不许吃回头草，去求宋磊复合！要不别怪我和你翻脸！"

"行了，叶妈，您这思想也跳跃得太快了！"林晓鸣满脸无奈，"正事儿已经汇报完毕，您就别瞎操心了，快挂了吧！现在这钟点您不应该在做饭吗？"

挂了叶阑的电话，林晓鸣把自己扔进了沙发里，盯着头顶上的天花板发呆。从昨天晚上到现在，因为叶阑的陪伴，酒精的麻痹，再加上和夏宇的交谈，她并没有太多时间去想念宋磊。现在一个人清醒的独处，宋磊不请自来地占据了她的脑海，一年半相处的画面像过电影一样在她眼前一一浮现，不知不觉眼泪顺着林晓鸣的眼角滑落，在沙发上留下了两摊泪痕。

"把呼吸带进来，带到你最伤心、最心痛的地方。"夏宇的声音突然在林晓鸣的脑海里响起，打断了连绵不绝的思念的痛。林晓鸣愣了一下，意识也随着夏宇的声音回到了她的头脑里——既然知道和宋磊在一起是没有结果的，现在这个结局不是刚刚好吗？要想走出来，总要为自己做点儿什么才行啊！夏宇今天教的方法，干吗不试一下呢？

林晓鸣从来都是一个行动派，念头所到，她已从沙发上起身，向书房走去。书写是她擅长的，她打算从写一篇痛斥宋磊的檄文开始自我救赎。

宋磊：

从周五的凌晨到现在，我时刻都处在伤心和苦痛之中。如果此刻我斥责你的背叛，你一定会委屈地告诉我，我们彼此之间从来没有承诺。的确，从我们在一起的那一天起，你就反反复复告诉我你是不婚的。但是，在我们日常相处的过程中，你却又经常会看似不经意地询问："你说，如果我们有孩子，会像你还是像我？"

林晓鸣奋笔疾书了一段之后，却发现自己写不下去了，她总不能斥责宋磊平时关心她、疼爱她，或者责怪宋磊用他的幽默、艺术才华吸引了自己吧！说到底，就是她爱上了宋磊带给她的感觉，而宋磊此刻喜欢上了别人而已，唯一可以指责的，就是宋磊的背叛，而偏偏他们之间是如此松散的、半地下的恋人关系。

林晓鸣突然意识到，这感受才是这两天折磨她痛彻入骨的来源——一直以为自己跳的是一场双人舞，然而灯光照进来，却是一场独舞。舞伴只在她自己的幻想里，在观众的眼里却从来没有存在过。

眼泪不争气地又充满了眼眶，林晓鸣随意用手抹了一把泪，撕掉了刚刚写的这页纸，再次提起了笔。

宋磊：

从你告诉我你喜欢上别的女人的那个凌晨到此刻，短暂而又漫长，我唯一能够感知的只有撕心裂肺的疼痛。我努力控制自己在别人面前做个情绪稳定的人，让自己不要崩溃，几近力竭。我曾经以为自己所有的爱和泪水都已枯竭，不会再受到任何伤害，却没想到终于还是爱上了你。我不知道这究竟是上天对我的眷顾还是惩罚，它让我再次体验到幸福的感觉，却也再一次将我沉入感情的深海，不见天日……

和你在一起一年半的时间，非常快乐，也许我就是因为爱上了这种快乐而爱上了你，然后慢慢留恋起和你相关的一切。我曾经以为，在你眼中看到的笑意，是你和我一样享受这段感情缠绵的印记。但现在我才知道，多少的快乐对你而言，也不过就是一时的欢愉，走过了，就再不见痕迹。我曾经以为，自己多少是了解你的，在你渴望自由的心背后，还残留着你不曾察觉的温存。但现在我才知道，这不过就是我自以为是的臆想，或者说，我就不是那个可以开启你温存的女人。

我一直以为在经历了一段七年的起落、沉浮的感情后，在被喜欢、被宠爱、被冷落、被离弃之后，我已经足够成熟，能够应付感情中出现的所有意外，但现实却毫不留情地给了我一记响亮的耳光——在听到你坦白的言语的那一刻，我的内心被无法控制的妒忌撕扯，我情不自禁地想象你与她在一起的样子，你能给她的曾经给予我的眷顾、热情，尽管我知道也许你们只是短暂的激情，却仍然希冀自己能够附着在她的身体上去再次经历可能的温存——这所有的一切让我感觉是那么陌生而又恐惧，我觉得身体里那个曾经理智、豁达的林晓鸣正在被吞噬，肆意膨胀的妒忌似乎能够立刻将我扭曲成一个连自己也不认识的人，一个令自己厌恶的陌生人！

这感觉让我害怕……

我知道自己必须离开你，我想这是我现在唯一可以为自己做的事情。唯有百分之百回到我自己的生活中，才可能重新拾回自己平和的心态，以曾经的宽容看待世事。在你身边多一秒钟的停留，都会放纵我更快地滑向多疑、妒忌、狭隘而又刻薄的深沟。

但我为何却又如此地于心不甘呢？为什么每一次我所有的认真、热情在最终都会化为虚无?！

我很想说我不恨你，但此刻却满心委屈；我很想说我无所谓，但此刻却泪流满面；我很想说和你做朋友，但只要想起你就痛彻心扉……也许我们的相逢根本就是错误吧！这一刻，所有的是是与非非、痛苦与快乐、孤独与幸福，都已经没有了意义，就让它们随着我们的分离，一起埋葬在过去……

现在，我把这一切都留在这张纸上，从这一刻起，这些都已经是过去发生的事情，与我的未来再无任何关联！我已经准备好，迎接不一样的未来！

晓鸣

林晓鸣写写、哭哭，哭哭、写写，停笔的时候，眼泪不知何时悄无声息地止住了。她长出了一口气，洋洋洒洒的一大篇文字写下来，倒是让她的心清宁了许多。最后一句落笔之时，她刻意翻看了手机里记录的夏宇的原文，即便就是抄写了一遍，身体里好像也是多了些力量。她看着面前泪迹斑斑的 A4 纸，想起了大学的时候写日记的感觉。“明天找个本子，干脆重新开始写日记算了。”林晓鸣自言自语道，“写出来好像还真能舒服点儿。”

## 04 / 没有跨不过去的悲伤

这一夜林晓鸣睡得并不踏实，在梦中她歇斯底里地对宋磊哭喊着，然而对方的脸却始终模糊不清，她无法获得任何反馈。醒来时她发现自己满脸是泪、身心疲惫，不由得苦笑了一下："原来清醒时憋住的眼泪，最终都要在梦中偿还。"

林晓鸣爬起来去厨房转了一圈，打开冰箱，里面被昨天叶阑采买的各种食材塞得满满的。她盯着面前的一大堆食物发了会儿呆，直到冰箱门发出抗议似的"滴滴"声，才拉出一袋面包，关上了冰箱门。

这面包的品牌原本是林晓鸣极爱的，平日里吃饱饭了她还能一口气吃下大半个吐司，即便冰箱里放了一晚，用吐司炉烤上两分钟，依旧酥软鲜香。此刻林晓鸣却觉得自己嘴里像是在嚼一口棉花套子，完全没有滋味。“这面包不烤这么难吃吗？”她的眉头不由得绞在了一起，但心下确实提不起兴趣切片加热的忙活，干脆倒了杯凉开水，勉强把嘴里这口吃食就着水灌进了肚子里，随即返回到卧室，把自己扔回到了床上。

“睡吧，睡吧，一觉解千愁。”林晓鸣像是要催眠自己一样，嘴里碎碎念着，但大脑却完全不听她的——只要她一闭上眼睛，各种斥责、怒骂宋磊的言语就在脑子里此起彼伏地回响；真要睁开眼睛，却只觉得双目酸涩困顿，无法聚焦在任何一件事物上。这睡不着又醒不来的感觉，着实快将林晓鸣逼疯了，她忍不住用被子蒙住了头，撕心裂肺地尖叫起来。

手机铃声忽而大作，打断了林晓鸣鬼哭狼嚎般的哀鸣。她掀开被子抓起床头柜上的手机，叶阑的名字映入眼帘。林晓鸣像是抓到救命稻草一样，手指一滑接通了电话。

“亲爱的，醒了没呀？”叶阑的声音像晨露一般轻盈，林晓鸣觉得自己的意识被唤醒了几分。

“醒了一会儿了，但就是死活醒不过来。”林晓鸣有气无力地答道。话一出口顿觉词不达意，但鉴于对方是叶阑，想必是能意会的，也就懒得再解释。

“哎哟，不愧是领导，赖床都能用这么哲学而诗意的语言表达，”叶阑的语气里满是调侃的味道，“起来冷水洗把脸就醒了，哪有醒不过来的人，只有不想醒来的人！”

“你这样好吗？”林晓鸣不由得翻了个白眼，声音上扬了半个八度，“对待一个刚刚失恋的人，要不要这么犀利啊？！”

听到林晓鸣的声音里明显有了气力，叶阑脸上有一抹小得意——这几年陪着林晓鸣恋爱、失恋，叶阑深谙对林晓鸣而言，疗伤的过程既需要敞开温暖的怀抱，也需要恰当地当头棒喝。若只有前者难免令其自怨自艾，沉醉在痛苦之中；若只有后者，那人间还有什么值得留恋？

“麻利起床，我叫的闪送估计快到你家了。早上去给我家老太太买尹三豆汁，顺便就给你打了一壶，外加两个焦圈儿。我今天上午实在腾不出时间给你送过去，就叫了个闪送。”

“亏你想得出来，用闪送送豆汁！”林晓鸣哭笑不得，“一碗豆汁几个钱啊，这闪送费怕是能买十碗豆汁了吧？”

“你不就好这口吗？再说了，你现在这状况，豆汁也刚好对症，”叶阑停顿了一下，咯咯笑道，“赶快给你清清毒、败败火。”

“我现在毒火攻心，别说一壶豆汁，就算你把我泡在豆汁缸里，也怕是命不久矣……”

林晓鸣话没说完，直接被叶阑吼了回去："呸！呸！呸！你瞎说什么呢！你是第一次失恋吗，不清楚自己先死去活来再满血复活的基本流程吗？"隔着话筒，林晓鸣都好像看见叶阑连白自己几眼，"还'命不久矣'……你真是越活越抽抽了！快起床，该干吗干吗！你要实在太闲得慌，就去项目上做监工，省得你在家胡思乱想。"

叶阑像机关枪扫射一样突突完一番话直接收了线，留下电话这端的林晓鸣独自盯着天花板发呆，她知道叶阑说的没错，闲着就难免胡思乱想，更何况不管她想不想做，有些事情也只能自己去完成，比如去宋磊那里取东西，或者处理从周五堆积到今天的待审批文件……恋情虽然已经停摆，但日子终究是要过下去的。

林晓鸣叹了口气，翻身下床，依叶阑的话洗了把冷水脸，觉得头还是昏昏的，干脆用冷水冲了个澡，洗出一身鸡皮疙瘩，人倒彻底清醒过来了。还没来得及吹干头发，对讲机的音乐声响起，随后闪送小哥捧着那壶新鲜出炉的豆汁出现在林晓鸣的家门口。

"叶妈，豆汁、焦圈儿已平安抵达，本人遵照口谕，不仅洗了冷水脸，还洗了冷水澡，现已完全清醒，请叶妈勿念。"尽管知道叶阑会收到闪送抵达的短信，林晓鸣还是编了条微信给她，随后发了个“臣妾告退”的表情过去。

叶阑的微信秒回：“冷水澡？我什么时候让你洗冷水澡了！你可真不让人省心，快趁热喝豆汁，驱驱寒。”

看着叶阑的文字，林晓鸣心生暖意，“人生得一知己足矣”的感受浮上心头，她不由得又叹了口气，这次是因为内心的小满足。

林晓鸣拧开壶盖，豆汁独有的酸味即刻充斥了整个餐厅，刺激了她的嗅觉，也唤醒了她的味蕾。因为太烫，林晓鸣只能小口小口地抿着。对于这款老北京的小吃，她一直有着特别的偏爱。小时候母亲让她喝的时候，她也觉得酸臭难以入口，但高中的时候一次和同学打赌，她捏着鼻子一口气喝下了一整碗豆汁以后，却出乎意料地感受到了唇齿留香的余味，从此爱上。

认识林晓鸣之前，叶阑一口豆汁都不碰。大一那年寒假，两人第一次在北京见面，林晓鸣拖着叶阑直奔天坛北门的尹三豆汁店。掀开豆汁店的棉帘子，叶阑直接被扑面而来的浓郁豆汁味儿撅了出去，死活不肯迈进店门一步。每每看见林晓鸣喝豆汁如痴如醉的样子，叶阑都是一脸百思不得其解的表情，明明就是馊泔水的味道，怎么会有人甘之如饴？

叶阑不止一次问过林晓鸣为什么那么喜欢喝豆汁，林晓鸣除了说好喝，始终说不出所以然。直到她和初恋男友分手那年，两人坐在豆汁店里，林晓鸣干掉两大碗豆汁后，忽然悠悠地道："阑阑，豆汁入口的味道酸中略带微涩，很多人都不甚喜欢，于是就放弃了，殊不知下咽后唇齿间却会有甘香回味悠长。如果人生受的苦能有如此的回味，也算不枉此生了。"

那天叶阑终于捏着鼻子喝下了一整碗豆汁，至此之后对于豆汁虽不如林晓鸣一般疯魔，但偶尔来一碗，也是乐在其中。

此刻林晓鸣小口啜饮着豆汁，又想起了自己当年关于豆汁与人生的一番言论——不知道自己如此这般的情海沉浮，是否多年后回望时也能心有回甘呢？

一壶豆汁就着两个焦圈儿下肚，不仅填饱了肚子，全身也小有微汗，林晓鸣自觉精神提振了不少。盘算了一下时间，现在去宋磊那里取东西估计刚好可以赶上他出去吃饭，省得两人碰了面徒增烦恼。于是简单收拾了一下自己，随即开车直奔宋磊家。

一路上林晓鸣的脑子都没闲着，思量着如果万一碰到宋磊在家她该怎么表现，视而不见地冷漠，还是义正词严地讨伐，或者声泪俱下地哭诉？头脑中天人交战，画面频生，开到宋磊家门口的时候还没有个结果。林晓鸣坐在车里耗了十分钟，最后一咬牙，心想来都来了，拿了东西就走，绝不多待一分钟。

林晓鸣按响了门铃，等待片刻见没有回应，心下不由得松了口气。开门进得屋里，略加环顾，发现这房间维持着她周五清晨离开时的模样，甚至当时她为了挣脱宋磊的双臂而不小心撞翻在地的花瓶碎片，都还原封不动地躺在原地。

"看来谈恋爱忙得家都没时间回了。"林晓鸣嘟囔着，回想自己一路上头脑中那些无用功，先是觉得好笑，而后内心却猝不及防地升腾起一股巨大的悲凉——你还在自作多情地考量如何面对旧爱，殊不知人家却早已将你列入永不见面的清单上！

这感受瞬间吞没了林晓鸣，在她的意识还来不及反应之前，泪水已经先一步占据了她的眼眶。毕竟是在宋磊的家里，出于自救的本能，林晓鸣紧紧抓住心底升腾起的那一点儿自尊心，冲进卫生间，对着镜子里的自己大吼道："哭！哭！哭！就为了这么个男人，你要哭到什么时候！他只能更看不起你！有本事你也折腾他啊！"像是要长自己的士气一样，林晓鸣抬手就将洗漱台面右侧宋磊平时使用的那些瓶瓶罐罐胡噜到了地上。

乒乒乓乓的跌落声刺激了林晓鸣的感官，让她多少获得了一些报复的快感，她扭身进了卧室，抄起把剪刀，把衣柜里挂着的她买给宋磊的衣服都剪成了碎条，若不是剪刀太小，累得她手抽筋的话，她恐怕连床单、被罩都会一起剪掉。终于林晓鸣折腾累了，扔了剪刀跌坐在地上，看着一地的碎布条子，刚刚剪碎时的痛快不动声色地转化成了空落落的感觉。

隐约听见客厅书包里手机铃声在响，林晓鸣爬起来去拿电话，翻包的工夫电话已经挂断了，手机屏幕上显示有叶阑的两条微信和四个未接来电。

“你这是玩儿失踪啊！微信不回电话不接！”电话刚一接通，林晓鸣还来不及说声“喂”，叶阑劈头盖脸就是一通声讨，“你再不给我回电话，我就要杀到你家去了！还以为你出什么事儿了，急死我了！”

叶阑真切的关心如暖流般注入了林晓鸣空落落的心，理智重新回归，她长出了一口气，“我能出什么事啊！我刚才太投入地搞破坏，没听见电话响。”

“搞破坏？”

“我在宋磊家呢，刚才把我给他买的衣服都剪成墩布条了。”林晓鸣把刚刚自己的“大作为”简单地和叶阑讲述了一遍。

叶阑听着听着不由得哈哈大笑起来：“解气吗？”

“剪的时候的确解气，现在又觉得自己很无聊，”林晓鸣一屁股跌坐在沙发里，有点沮丧，“这做派和泼妇没什么两样。”

“你就是太讲理了，难得要一次泼，没什么不好，别总是苛求你自己！”叶阑安慰道，“好歹解了气，就别想那么多了。你还要在那里待多久，需要我过去陪你吗？”

“不用，我收拾完自己的衣服就走。这地方一分钟都不想多待，眼不见心不烦。”

“那你一个人在那里可不许胡思乱想啊！收拾了东西赶快回家。”停顿了一下，叶阑补充道，“要是一会儿你又难过了，我记得昨天你和我说夏宇教你看见情绪的方法，记得试一试。”

“对啊！我怎么把夏宇教我的东西忘得干干净净的。”林晓鸣一拍大腿，“幸亏你提醒我，要不我今天就光忙着伤心生气了，恐怕连交作业都会忘了。”

“这很正常，练习也是个需要慢慢养成的习惯，我也是近半个月才真正做到每天练习的。不如这段时间，我每天提醒你做练习吧！”

对于叶阑的建议，林晓鸣欣然采纳，两人随即挂断了电话。林晓鸣转身又回了卧室，她打定主意只拿走自己买的衣服，其余的一概不要。

当收拾到一条牛仔裤的时候，林晓鸣忽然犹豫了——这条裤子原本是她最喜欢的，有一次不小心弄上了墨点，让她心疼不已，宋磊见状就用不同的油彩随意在裤子上画了几笔，一下子让裤子别具风格，人人艳羡。所以裤子留在这里舍不得，带回去又怕穷惹了相思。

林晓鸣抱着裤子坐在床边，手指轻轻拂过油彩富有质感的肌理，眼前浮现出宋磊那惯有的漫不经心的笑脸，感受到自己的心这么轻易地又一次被痛苦啃噬着。

“做做夏宇教你的练习。”叶阑像救赎天使般出现在林晓鸣的脑海里，她抓起手机，搜索到夏宇的微信，快速浏览了练习的流程，回忆了一下昨天夏宇对她的引导，于是闭上眼睛开始呼吸。

眼睛虽然闭上了，但念头却死活停不下来，宋磊的面容阴魂不散地出现在林晓鸣的眼前，让她心下更加烦乱，中途几次想要放弃。“再坚持一分钟。”林晓鸣闭着眼努力寻找着昨天和夏宇同处一室时的感觉，大概五分钟后，她好像突然链接到了昨天的状态，整个人慢慢安静了下来，心的疼痛也随着呼吸的带入而逐渐散开去了。“我看见你了，我感受到你。”林晓鸣轻声低语，这语言让她进一步放松下来，等她睁开眼睛的时候，内心似乎还有一点小小的喜悦。

“既然喜欢，就带走吧。”林晓鸣想着就顺手叠起了裤子，“没有跨不过去的悲伤，裤子却是再也找不到第二条了。”

# 05 / 观察者

周一通常是林晓鸣最繁忙的一天，会议日程从早安排到晚。时至年底，各项工作任务比平时更加繁重一些，林晓鸣早上九点走进会议室，转眼到了中午，忙得连口水都没顾得上喝。

“林总，午餐您是去食堂吃，还是我帮您打回来？”助理站在会议室门口问道。

“一起去食堂吃吧。”林晓鸣站起身，冲着会议室里工作了一上午的项目经理挥了挥手，“数据差不多了，下午集团的视频会，就先按刚刚梳理的数字报就行。”

林晓鸣话音未落，桌上的手机突然振动起来，集团营销总监钱峰的名字在屏幕上不停闪烁着。林晓鸣不由得皱了皱眉，下午集团营销系统视频会，这会儿钱峰打电话给她准没好事。她示意大家先去吃饭，随即拿起电话朝自己的办公室走去。

“钱总，”林晓鸣接通电话的时候，已经是面带微笑，“有何指示？”

“瞧林总说的，我哪儿敢指示您啊！”电话另一端的钱峰打着哈哈，声音透出一丝讨好，“下午集团视频会要确定各公司的年度冲刺任务，我们上午梳理了一下各公司的情况，今年江苏公司的任务缺口太大，现在还有5亿的亏空，我想和您商量一下，看看北京公司能不能再贡献一到两个亿的销售额？”

“你这上嘴皮一碰下嘴皮就是两个亿，说得倒是轻巧啊！”林晓鸣心中暗气，脸上依然挂着职业的笑，声音却没刚才那么客气了，“钱总，北京公司已经多冲了近八千万任务了，现在距离月底不到两周时间，您和我说再多贡献一两个亿，我们就算有心也无力啊！”

“林总，我也是从项目上做起来的，哪个项目不留点儿‘后手’啊！尤其您这稳扎稳打的风格，说是有心无力，怕是想给明年1月留‘余粮’吧！”遭到了林晓鸣的拒绝，钱峰的语气有点儿急躁，“林总，年度报表数据是集团的重中之重，如果查到哪个公司有隐藏销售金额延迟不报的情况，我们会在年度考核评分里做重罚。”

林晓鸣最恨别人威胁她，听了钱峰的话，一张脸冷得像挂了霜：“钱总，您随便查，北京公司从来都是按集团制度执行，有违规之处任由您处罚。有什么事下午视频会议上说吧，我现在有事情要处理。”不等钱峰回话，她直接挂断了电话。

放下电话，林晓鸣依然气愤难平，集团素有重奖重罚的考核措施，这个月超额完成的奖金根本抵扣不了下个月任务完成不了的罚金，不仅营销团队遭殃，整个北京公司各系统的员工都跟着受牵连。作为营销一把手，她自然要未雨绸缪，将销售换签进度统筹考虑。“既然是从项目上去的集团销售负责人，就应该更多地考虑如何能让集团制度激励各公司销售团队，整天就想着怎么往上爬，拍领导马屁，欺下媚上的东西！”林晓鸣暗暗咒骂着钱峰，一股无名火在她身体里上蹿下跳。

手机滴的一声响，屏幕上出现了夏宇的微信：“晓鸣，昨天的练习报告你还没有发给我，友情提示，迟交报告三次是会被取消学习资格的哦。记得去看见自己的情绪。”

“呀！”林晓鸣低声惊呼了一声，昨天她将练习报告拍照要发给夏宇的时候，进来了一条工作微信，她处理完工作，就把发练习报告的事情忘得干干净净。她慌忙拿起手机，找出报告照片，用微信发给了夏宇，同时发了一个“下不为例”的表情。

夏宇的微信提醒了林晓鸣，她决定现在就试试看见她自己的情绪。作为一个新晋习练者，林晓鸣还不能熟练地掌握流程，于是她快速浏览了一遍夏宇之前发给她的练习流程，闭上了眼睛，几个缓慢的呼吸后，她感受之前在身体里翻江倒海的愤怒，逐渐停留在了自己的腹部，像一块暗黑色的大石块，压得胃部有些隐隐作痛。她不由得眉头轻蹙，本能地抬起右手，放在自己的胃部。

“把呼吸带到情绪的中心。”夏宇的声音在林晓鸣的脑中响起。她用力地吸了一口气，集中意念将气息送到了大石块中心，却像是被大石块吞没了一般毫无反应，她随后在呼气时，想象有暗灰色的气体随着自己的呼气排出体外。五六次呼吸过后，暗黑色的中心逐渐变成灰色半透明的样子，质地也由石块逐渐变为边界模糊的雾霾状。

“我看见你了，我感受到你了，我会在这里陪伴你……”林晓鸣依然用手捂住胃部，轻声地低语着，“我的愤怒，我看见你了，我感受到你了，我会在这里陪伴你……”就像在安抚另外一个自己，更多的语言逐渐从林晓鸣的口中流淌出来：“谢谢你让我看见你，感受到你，谢谢你带给我的力量！爱始终在这里，与你同在……”听到自己低喃着的言语，林晓鸣有点儿震惊自己说出的内容，但同时，她也感受到胃部的黑暗正在随之消散，身体重新轻盈起来。

“还真管用。”林晓鸣睁开眼睛，确认了一下自己的情绪状态，不由得自言自语道，“我刚才说的那几句要发给夏宇看看，是不是以后都能用。”

手机再一次振动起来，林晓鸣接起电话，集团营销副总裁的声音传了出来：“晓鸣，北京公司今年任务提前完成，干得不错！我让钱峰他们在集团 OA 上给北京公司做通报表彰，今天下午就会挂出来。”

“领导就是领导，知道先喂个蜜枣再提要求。”林晓鸣心中暗笑，嘴上忙不迭地回应道，“谢谢洪总对北京公司的肯定。”

“刚刚钱峰应该给你打电话了吧？集团现在任务还有缺口，你看看北京公司有没有可能再多冲点儿销售额呢？”洪总带着征询的语气问道。

“嗯，”林晓鸣沉思了一下，“洪总，北京公司已经多完成八千万的年度任务了，再冲刺的难度的确巨大。我想现在不仅仅是北京公司，几个业绩完成比较好的兄弟公司估计都已经竭尽全力了。如果集团希望我们能够多完成任务，是否能给我们一些政策？”不知是不是刚刚做完练习情绪特别平稳的缘故，林晓鸣心里没了敌意，脑中的智慧也流动了起来。

“哦，什么政策？你说来听听？”

“首先，允许各公司申报一些换签的激励政策，现在距离年底也就 10 天了，刺激客户来签约可能需要给一些额外的优惠；其次，看看集团能不能考虑提前下达明年 1 月份的销售任务，和本月的销售任务联合考核，这样大家冲刺的时候不用瞻前顾后；最后，如果集团能够对年度任务超额部分设置一个特别的奖金制度，超额越多，奖励比例越大，我相信所有公司都会更有动力去完成挑战的！”林晓鸣一口气连说三条建议，随后笑道，“我也是临时想到的，供您参考，可能会对调动地方公司积极性有些帮助。”

“好！”洪总的声音带着欣赏，“我现在就安排钱峰他们去做测算，争取下午的会议上就给大家下达政策。”

晚上林晓鸣把中午的练习写进练习报告发给了夏宇，没想到夏宇很快就回拨了视频电话：“晓鸣，看来今天进步很大啊！知道你是个有灵性的好苗子，但你的速度还是出乎我意料啊！

才两天，你已经能够全然地成为一名观察者了。”

“谢谢老师肯定！”林晓鸣被夸得一头雾水，完全不知道夏宇口中的“观察者”是什么意思。

夏宇就像会读心术一样，不待林晓鸣发问，继续解释道：“所谓观察者，就是能够独立于我们平日里的情绪、思想、感觉，能够在看见这些部分的同时，又让我们链接着超越这些部分的更大的存在，是我们自己内在的智慧和力量的根源。”夏宇在电话那端说着，林晓鸣在电话这端奋笔疾书，力争把夏宇的语言一字不差地记录下来，之后慢慢消化。

“你可以回想一下，平时你在处理和自己不直接相关的事情上，比如叶阑在和你述说她的烦恼时，你越客观是不是越容易看到她烦恼的根源来自哪里，也更容易提出解决问题的方案？”

林晓鸣点点头：“是这样啊！不都说旁观者清嘛！”

“是的，旁观者清！”夏宇肯定道，“你刚刚报告里所说的让你自己震惊的陌生语言，正是来自于旁观你自己的‘观察者’。因为当时你完全独立于你自己的情绪之外，就像一个旁人在看待你自己的情绪和感受，自然也就有能力去链接更多能带给你自己爱的感受的语言。”

“那也就是说，这些语言是更能满足我的需要，是可以反复使用的？”林晓鸣确认道。

“当然，你自己流动出来的语言，永远是最适合你自己的，所以尊重你自己在那个当下的感受和链接，顺势而为，就能更快地将自己从情绪或者思想的漩涡里解救出来。”夏宇停顿了一下，接着道，“大部分成年人其实都具备解决我们生命当中遇到的所有痛苦和困难的能力，但往往我们都深陷它们带给我们的各种情绪或感受当中无法自拔，因此在那个当下，困难或者痛苦完全遮蔽了我们的双眼，让我们忘记了除去它们，生命还拥有很多的资源和力量。所以，学会做一个观察者，就能让我们在看见问题的同时，知道这仅仅是我们生命的一小部分，才有可能让那些解决问题的智慧流动起来。”

夏宇这番话像是一盏灯，照亮了林晓鸣的思维，她想起今天和集团营销副总裁的对话，突然明白了为什么在那个当下，她可以如此清晰缜密地说出一整套有利于集团年度任务完成，同时又保护了地方公司正当权益的方案，应该就是她脱离了对于集团强加任务的抵抗情绪，给解决问题的智慧创造了可发挥的空间。

林晓鸣简短截说，和夏宇分享了中午的事情，夏宇听过点点头：“我相信你的职业生涯并不缺乏这样的智慧闪亮时刻，否则你也不可能年纪轻轻就成为房地产二十强公司的地方分公司高管。”夏宇并不吝啬对于林晓鸣的夸奖，“不过，你之前的状态应该是不稳定的，情绪来了，智慧就‘离岗’了。”被夏宇不幸言中的林晓鸣讪讪地笑了。夏宇见状，继续说道：“不用不好意思，我们每个人都是这样。即便我这个干专业的，也经常有旁观者‘休假’的状态出现。在我和全世界的心理学大咖共事的过程中，据我的观察，没有人的观察者能够二十四小时在岗，所以重要的不是担心观察者离岗，而是请观察者回来上岗的时间是否够及时。所以从今天开始，你可以有意识地去觉察一下，你从陷入情绪到开始观察自己的情绪，需要多长时间。”

“好的，”林晓鸣回应道，“我会在每天的练习笔记里增加这个内容的。”

“今天就到这儿吧，时间不早了，早点儿休息。”

挂断了和夏宇的电话，林晓鸣又看了一遍刚刚记录的学习笔记，不免感叹心理学还真是挺神奇的。合上本子的时候，她瞥见了桌子右上角放的日记本，忽然意识到，今天一整天居然都没想到宋磊！“看来工作繁忙的确是有效的疗伤手段啊！真庆幸我是个有自己事业的女人！”林晓鸣内心不由得萌发出对自己工作的感恩之情，她边想边翻开了日记本，略微思考了一下，写下一句“今天忙得没时间想起他，心情还算平静，希望晚上能睡个好觉”。

# 06 / 告诉我怎么才能挽回

这一周时间过得飞快，林晓鸣奔波在各个项目之间，重新梳理各个项目的冲刺任务和策略方案，每天还要忙着练习和写练习报告，日子过得忙忙碌碌，有点儿无暇他顾。除了有两次在夜深人静的时候想起了宋磊，辗转反侧睡不着，折腾了一个多小时才请回了“观察者”以外，其他时间倒也还算平静。她有点儿意外自己能这么快恢复到正常状态，想想可能是年纪大了，折腾不动了，内心还有点儿说不出的小遗憾。

周六上午十点半，林晓鸣坐在国贸三期的咖啡厅里，等着北青的业务主任张威。十年的地产打拼，圈子里的人大部分都混成了半个朋友。张威从月初就一直约她见面，她自然知道是为了明年的推广份额的事情，邀请对方到公司来谈，张威死活非要约她在外面见。拖来拖去眼看到了月底，毕竟也是重要的媒体，林晓鸣好歹也是要应酬一下的，只能周末上午抽时间喝个咖啡。

看看时间差不多了，林晓鸣的目光投向了商场内部，想看看有没有张威的身影。但目光所及之处的画面，却让林晓鸣整个人“冻结”了起来——只见宋磊挽着个长发及肩的姑娘，正在商场间闲逛。宋磊不知道说了些什么，逗得那姑娘捂着嘴笑个不停，两人俨然一对热恋中的情侣，眼中除了对方，世界已经全然不在的模样。

星期六上午，宋磊不应该在睡觉吗？更何况国贸这种浮夸的场所，从来都是宋磊这个艺术家不屑一顾的地方啊！林晓鸣刚和宋磊在一起的时候，有一次两人闲来无事，林晓鸣建议来国贸逛逛，顺便吃晚饭，宋磊先是一副嗤之以鼻的样子，说什么傻子才逛这种什么东西都翻翻儿贵的地方，服务员眼睛都长在头顶上，后来看林晓鸣不高兴了，才又改口哄她说每年出国那么多次，没必要在中国看大牌，还是去有情趣的小地方有意思。之后林晓鸣想了想，估计是因为宋磊经济方面一直压力大，去国贸这种地方他多少有点儿不舒服，于是也就没再提过来国贸。“原来，你也是能来国贸啊！”林晓鸣恨恨地想，“我倒要看看，她到底是个什么货色，我哪点儿比不上她！”

林晓鸣拿起包，大步流星地朝宋磊的方向走过去，她没有意识到，自己的全身的肌肉都紧绷着，像是一个奔赴战场的战士一样，胸膛里充满着敌意和杀气。她人还没来到宋磊近前，强大的怒火已经喷射到了宋磊身上，防御的本能让宋磊下意识地抬起头看向林晓鸣来的方向，因为逆光，他一时看不清来人的面孔，但毕竟是共同生活过的人，宋磊脱口喊出了林晓鸣的名字。

“宋大师，这么巧啊！什么力量能周六上午把您从床上拽起来，到这么个傻子才逛的地方来啊？！”林晓鸣双手在胸前交叉着，恶狠狠地瞪着宋磊，随后目光一转，盯向了宋磊身旁的女孩：“这位就是你半夜三更告诉我‘你爱上的别人’吧！不介绍一下吗？”

宋磊略有些尴尬：“晓鸣，这是云辉。”随即指了一下林晓鸣道：“这位是林晓鸣，我的朋友。”

“朋友”两个字就像一个火星落在了干草堆上，点燃了林晓鸣胸口的熊熊烈火，巨大的愤怒让林晓鸣的全身都在发抖，她不得不把双手紧握成拳，以控制着自己挥手扇宋磊一个耳光的冲动。因为太用力，指甲深深地插到了肉里，传来的疼痛又再一次刺激了她的愤怒。在一波又一波潮涌的巨大情绪里，林晓鸣的理智轰然崩塌，报复成了此刻她唯一残存的念头。

“朋友？”林晓鸣冷笑一声，“是啊！艺术家谁会没几个能上床的朋友？！只是没想到，宋大师的品位这么宽泛，去年还说就喜欢像我这么独立的女人，今年又钟情小鸟依人的傻白甜了！云辉是吧，”林晓鸣转向宋磊身边那个显得有些手足无措的女孩子，“我告诉你啊，宋磊不喜欢来国贸这种地方，东西太贵，服务生眼光太犀利，随时都提醒他，他是个落魄的、怀才不遇的艺术家！你去过他家了吧？记得啊，你坐的沙发是我买的，你吃饭的餐桌是我买的，你睡的床呢，床上用品也是我买的，还有你吹的空调、用的冰箱、看的电视，通通都是我买的。你用的都是我用剩不要的东西，包括这个宋磊！”

“晓鸣！”眼前的林晓鸣在宋磊看来，完全是一个陌生人，他压低声音制止道，“你有气冲我来，我知道我伤了你，对不起你，我一直想找机会和你谈谈，但你拉黑了我，电话、微信都联系不上你……”

宋磊还想说什么，林晓鸣手一挥，直接打断道：“伤了我？你别自以为是了，姑奶奶早就玩腻了，还怕你缠着我不放呢！

刚好，今儿就说开了，我就把你赐给云辉了。”林晓鸣转向云辉，一脸不屑一顾的表情：“姑娘，好好享受，宋磊床上功夫还不错，但别管你在那张床上能待多久，混到最后，你顶多也就是他一朋友，连女朋友都算不上！还有啊，说不定哪天他半夜回来就会告诉你，他爱上别人了！所以，记得给你自己留个能立马搬家的窝！”

林晓鸣话一说完，转身就走。她所有犀利狠毒的伪装都在转身的一秒瞬间消退，伤痛充斥了她的双眼，化作泪水滚滚而下，她跌跌撞撞冲进了最近的女洗手间。

林晓鸣完全不记得自己和张威谈了什么，又是怎么离开的，唯一的记忆就是一路哭着开车去到夏宇工作室。她很想忍住，但眼泪一次又一次地决堤而出，中途她干脆把车停在应急车道上，趴在方向盘上号啕大哭了一场。即使如此，眼泪却好像流不完一样，停歇片刻，又会因为一个念头的闪过，再一次不请自来。

林晓鸣的模样多少有点儿让夏宇感到意外，从林晓鸣每日发来的练习报告里，看得出她整体的状况还是不错的。而此刻，她整个人明显处在崩溃的状态中，与报告里的林晓鸣判若两人。

“晓鸣，跟随我，把呼吸带到你的身体里。缓慢地吸气……缓慢地呼气……非常好，保持住这个呼吸的节奏，尽量放缓，深长而匀缓地吸气……深长而匀缓地呼气……”夏宇持续地引导着林晓鸣，十分钟过后，林晓鸣看上去平静了许多，泪痕也逐渐风干在面颊上。

“好了，现在可以说说，是什么让你如此伤心呢？”夏宇从纸巾盒里抽出两张纸巾，递给林晓鸣。

“老师，我真是不甘心！如果我说要挽回我的感情，您能帮我吗？”林晓鸣低着头，因为刚刚哭完，声音带着浓重的鼻音，完全没有了上午盎然的斗志。

“看来这次不需要水晶球了，又改丘比特的神箭了，”夏宇调侃道，“作为林晓鸣同学的老师要装备齐全才行啊！”

林晓鸣想笑，但又觉得委屈，干脆嘟起了嘴。

“你愿意告诉我，你们因为什么而分手，现在又是因为什么你想挽回吗？”

“分手的原因是他喜欢上别人了，我今天看见他和他新女友在一起，我真心觉得我哪儿哪儿都比那个小女生强啊！我们之间又没什么矛盾，分手前的那个周末，我们还一起去郊外写生、烧烤，我就是想不明白，为什么他就会忽然爱上别人了呢？

他身边所有见过我的人，都觉得我是他能找到的最好的女人了，包括他家里人，他的好朋友……”林晓鸣忽然抬起了头，“我就是不甘心，如果他爱上的人比我出色，我也就放手了，可就那么个小女孩儿……”林晓鸣突然泄了气，身体缩进沙发里，“争我都嫌丢份儿。”

夏宇快速梳理了林晓鸣提供的信息，沉思了一下，问道：“那当时你们为什么会在一起呢？”

“那可说来话长了，”林晓鸣低垂着眼帘，叹了口气，“我和我第一个男朋友在一起八年，然后他逃婚，最后劈腿，我们分手后我就想，看来爱一个我爱的人注定伤心，那就选个爱我的人吧，于是我就和第二个男朋友在一起了。他是我认识十几年的朋友，一直喜欢我，对我也很好，可是我和他在一起之后，却无论如何都爱不上他，甚至身体都在拒绝靠近他，最后我坚持不了，就和他提出分手。那个时候内心特别绝望，觉得自己伤害了一个如此善良真诚的人，甚至比自己被别人伤害更痛苦。当时我就想，和谁在一起，无论我爱的人，还是爱我的人，无非是人伤我，或是我伤人。不如找个互不相爱的吧，不爱也就不伤。后来就遇见了宋磊，他追求我的时候，就说他不婚也不相信爱情，我想这刚好和我一样啊，就和他在一起了，然后……”

“然后你就爱上他了。”夏宇了然地点了点头，接过话，“你觉得在你们的感情里，宋磊和你，到底是谁变了心呢？”

“当然是他啊！”林晓鸣一脸“这还用问吗”的表情看着夏宇。

“是吗？”夏宇挑了挑眉，“刚刚你告诉我，宋磊说他不婚、也不相信爱情，而现在他依然是不婚，也不相信爱情；而你和宋磊在一起的时候，认为自己和他是一样的，但是你现在说你爱上宋磊了，你不能接受分手的结局，潜台词就是你认为你们是应该一直在一起的，因为所有人都认为你是他能找到的最好的女人。你说说，到底是谁变了呢？”

林晓鸣愣在那里，呆了片刻，有些沮丧地答道：“对，是我改变了想法，但是，”她不无委屈地说，“就算是我变了，我做的都是对他好的事情啊！他自己也说和我在一起之后更快乐了，我能照顾他的生活，还能在经济上支持他做创作，我还把他推荐给有影响力的经纪人，对于他人生的方方面面，我都是可以让他变得更好的人啊！”

“晓鸣，我感受到，你和宋磊在一起付出了很多，无论情感还是金钱，就像叶阑说的，你是一个不吝啬付出的人。”夏宇双目深邃，凝视着林晓鸣，“但是，你忽略了一点——你所谓的变得更好，是不是宋磊所希望的更好呢？你所谓的付出，是不是宋磊所需要的呢？按照常人的观点，可能你是最好的伴侣选择，但宋磊是个独立的个体，作为艺术家，可能在他的生命里，不稳定才是支持他创作的稳定灵感，而稳定恰恰是他拒绝甚至恐惧的。”

林晓鸣低下了头，夏宇的话让她觉得既残酷又真实。她对于人生永远充满了“好”的标准，即便很多的标准从没说出口，也会自动成为她前进的方向。和宋磊在一起之后，她也是无意识地用这些更好的标准调校着宋磊的生活，偶尔宋磊表示不认同的时候，她也会努力说服他。难道让一切变得更好也错了吗？

像读出了林晓鸣的心事一样，夏宇一字一句地说道：“晓鸣，这世界上的每一个人都是独特的，都有他自己的生命轨迹，何为好、何为坏，都有他自己的评判标准。如果我们忽略他人的自我感受，而坚持将我们认为好的、正确的事情加筑在他人的生命里，这种行为的实质是控制，绝非爱！爱的前提是允许和尊重他人如其所是的模样，而不是让他人成为我们认为的更好的样子！”

## 07 / 照顾好心里的小女孩

林晓鸣又有想哭的感觉了，她扁了扁嘴，抽了口气，努力把想哭的感觉压制下去。

“别去压制你的感受，所有被你压下去的情绪，都会以更大的力量反弹出来，或者去攻击你的身体，或者成为你攻击他人的愤怒。”夏宇倒了一杯水递给林晓鸣，同时问道，“感受来的时候，最重要的是什么？”

“看见它。”林晓鸣的声音囔囔的。

“那现在就去看见它，”夏宇的声音温暖而坚定，“如果你的委屈都不能被你自己看见和接纳，你还能乞求这个世界上有其他人会心疼你的委屈吗？”

林晓鸣闭上了眼睛，泪被眼皮挤压，顺势倾泻而下。夏宇的声音在耳边响起，传递着令人平静的能量："保持你的呼吸……非常好，现在请感受委屈在你身体的哪个部分停留，它有颜色吗？它有着怎样的质地以及形状？……非常好。现在，请将你的呼吸带到那里，缓慢地吸气，每一次都将气息带到委屈的中心，然后缓慢地呼气，感受委屈随着你的呼气被带出你的体外……"

这个练习林晓鸣已经非常熟悉，很快她就在自己的心口锁定了让她泪水连绵不绝的委屈。随着呼吸地带入，她开始逐渐与这份委屈保持了距离，可以看见它，却又不沉溺其中。

"晓鸣，现在我邀请你，去看见这份委屈出现在你此生的第一个画面，如果让你给这份委屈一个数字的话，会是几呢？"夏宇的声音带着深沉的节奏，让林晓鸣无比放松，"不要用你的头脑去找，就让这个问题引导着你，允许这个画面自然地来到，或者数字自己浮现在你眼前，你只需要保持呼吸，缓慢而深沉的呼吸，非常好……"看到林晓鸣的眼球在眼皮内轻微地左右移动着，夏宇柔和地询问，"现在，我很好奇，有什么画面浮现在你眼前吗？"

"我看见，一个小女孩在哭，她要妈妈。"林晓鸣轻声回应着，眉头有些微蹙，呼吸开始变得有些急促。

“晓鸣，保持你的呼吸，你不是她，就去看见她，而不是成为她。”夏宇的声音适时地打断了林晓鸣的深陷，深缓的呼吸重新回到了林晓鸣的身体里。

“她已经很久没见过妈妈了，她觉得妈妈不要她了，她被抛弃了。”林晓鸣的声音里有些伤悲，断断续续地说着，“她不明白她做错了什么，她很委屈……她那么小，还不到两岁。”

“晓鸣，现在请你睁开眼睛。”夏宇轻声唤醒林晓鸣，注视着她，“在你一岁多的时候，你妈妈长时间地离开过家吗？”

林晓鸣思索了一下：“我妈妈应该是在我一岁半前后去外地进修过半年的时间吧。”她有点儿困惑地说：“那个小女孩是我吗？”

“你觉得呢？”夏宇反问道，“你看见她有什么感觉？”

“觉得她很可怜，很想抱住她，保护她。”林晓鸣回想着刚才的感觉，突然意识到，“就是我，她穿的那条裙子，我在家里的相册中见过。”

“是的，你看见的就是小时候的你。”夏宇肯定道，“和宋磊的分手，唤醒了小时候妈妈离开你的感受，那种被抛弃的、不被爱的感受，是你小时候对于妈妈突然长时间离开你，你的内在形成的认知。所以你现在所经历的委屈，其实来自你内在那个一岁半的小女孩。”

“我不太明白。”林晓鸣一脸茫然。

“每个人在婴幼儿时期都会对父母有着百分之百的依赖，特别是对自己的妈妈，因为照顾、喂养孩子的责任多是由妈妈承担着，所以婴幼儿通常会认定妈妈代表着温饱、清洁、舒适等一切和生存相关联的事务。如果突然长时间看不到妈妈，孩子就会感到生存受到威胁，进而产生恐慌。即便这个时候有其他人照顾婴幼儿的生活，也不能使孩子停止找自己的妈妈。当经过哭喊等努力后，如果妈妈一直没有出现，孩子的内在就会形成受伤的感受，可能是被遗弃、缺乏安全感、不被爱……也就是我们上次谈到的伤口。

“这些伤口一旦形成，在我们人生中每个能够带给我们相似感受的场景中，就会被自动唤醒，让我们重新回到伤口形成的年纪，以那个年纪的反应来应对我们此刻正在面对的事情。宋磊的突然移情，引发了你幼年时认定自己被妈妈遗弃的恐慌，唤醒了你是不被爱的内在感受，于是你内在的那个小女孩就接管了你的行为——你想想你在进来时哭泣的样子，是不是像个年幼的小女孩？”夏宇停顿了下来，静静地看向林晓鸣。

“谁像小女孩？”林晓鸣觉得不好意思了，移开了一直注视着夏宇的目光，嘴上却不服输地反驳着，“难道成年人就不能哭了吗？”

在夏宇眼里，林晓鸣此刻有点儿羞怯但又不愿意承认的表情，依然是个小女孩的反应，他不由得笑道：“小女孩的哭泣是越哭越伤心，哭了还想哭，因为小孩子除了哭，没有其他的能力和办法处理所遇到的问题。但成年人会在哭泣过后去想‘我此刻还能做点儿什么’，因为成年人知道自己除了哭泣，还有更多的资源和能力。”

夏宇的这番理论，让林晓鸣觉得既新鲜又神奇，想想自己之前眼泪想停都停不下来，开车的时候甚至因为视线模糊差点儿追尾，原来是被自己内在一岁半的小女孩掌控了心智。她琢磨了一会儿，提出了自己的疑问：“这个小女孩出现是不受我自己控制的，是吗？那她出现的时候，我应该怎么办呢？”

“不错，现在三十岁的成年林晓鸣回来了。”夏宇张开了双手，做了一个欢迎状，“我们今天看见了那个一岁半的、受伤的小女孩，也就将她从你的潜意识带到了表意识里。从此刻开始，当你再出现被抛弃、不被爱的感受时，你就要有意识地将爱带给心里的小女孩。晓鸣，现在我引导你进行一个内在小孩的疗愈冥想，过程中你只需要跟随着我的语言，尽量去想象我所描述的画面。如果你什么都看不到，也没关系，只要尽量放松去体验就好了。清楚了吗？”见林晓鸣给予了肯定的反馈，夏宇提示道：“如果你愿意，现在就可以闭上双眼。”

林晓鸣依言闭上了双眼，夏宇的声音随即响起，带着温暖而安定的力量：“请保持深沉而匀缓的呼吸，让你的全身都放松下来。你的脊柱是挺直的，但两侧的肌肉却是柔软放松的。感受你的坐骨如何与座椅相接触，如果需要，你可以轻微地调整你的坐姿，让你两侧的坐骨同等受力。你的双脚踩实在地板上，感受到地板给予你的支撑。非常好，再做个深呼吸，随着呼气，把你身体里不再服务于你生命的伤痛的记忆、情绪、创伤统统从脚底排向地球核心，随着这一切的排出，你全身的肌肉将感受到更加温暖、柔软、放松……

“随着你深长气韵的呼吸，请把能量带到你心的位置，感受有金色的光照进你的心，并随着你的血液流动，到达你身体的各个部位，你的全身都处在金色的能量的振动中，带给你前所未有的舒适、安全和放松……

“现在请观想一座美丽的金字塔，看见彩虹色的能量注满其中，当你准备好，你可以步入其中。此刻，你所有今生前世曾经支持你、信任你的人都出现在你的周围，你可以感受到自己是被支持、被保护的。

“现在，请将你的无条件的爱放在金字塔的中间，当我数到三，你的内在小孩就会在金字塔中出现。一、二、三，在你光的金字塔中，这个孩子出现了，是如此天使般纯真。现在请靠近这个孩子，你可以蹲下把她圈在怀里，或者抱着她，或者坐下让她坐在你的大腿上，带着你对她无尽的爱。你们在彼此的陪伴中更加放松，注意到你们的心脏跳动如一……

“请告诉你的内在小孩，你是如何爱着她，你是多么高兴她可以来到这个世上，告诉她生活也许并不容易，总有很多事情看上去不太尽如人意，告诉她如何准备好来面对人生，而这一路，将有你的爱始终陪伴她。告诉她，你们将一起给这个世界带来不同，这个世界会有很多值得你们去爱，也深爱着你们的人。向你的内在小孩承诺，你会永远地照顾她，你会给她所有她需要的爱。

“此刻你的内在小孩正在变得越来越小，她已经完全缩小到可以站在你的手掌心里。慢慢抬起你的手，小心地把这个内在小孩送回你心的位置，给予她所需要的安全感、爱以及价值感。你们会一起成为这世间的光亮，为这个世界贡献你们的力量，在每一天里，在每一个地方，越来越多地感受到你们对这个世界正向的影响。因为你们是怀着爱意活在当下，这令你们感到安全，令你们感到健康和幸福，令你们感到自在，令你们在生活的每一刻，都能感受到平衡。

“现在，请祝福你身体内的每一个细胞，并且去感恩你生命中被赋予的一切际遇。请看见有光一直照亮着你的未来，想象着你与内在小孩一起走向光明的未来，你们的每一步，都是被祝福的，正是因为你是你自己，你能够帮助到这个世界更多的人！

“现在，请将所有的光收回到你心的位置，看向你的内在小孩，告诉她这里是安全的，并再一次允诺你会永远照顾她。

“现在，我们准备回到此刻，带着你所有的能量和资源，呼吸到你的内心，慢慢地睁开眼睛，回到当时当下。”

在整个冥想的过程中，林晓鸣始终处在半梦半醒的状态中，她睁开双眼时，并不太确认自己刚刚是一直在跟随着夏宇的引导，还是干脆睡了过去。冥想带给她的舒适和放松是如此惬意，以至于夏宇在唤醒她的时候，她还不太想睁开眼睛。

“太舒服了，不想回来了是吧？”夏宇笑问道，“感受到了什么吗？”

“我不太确定，我是不是睡着了呢？！”林晓鸣所答非所问。

“整个冥想的过程中，所有的动作你都是跟随着我的要求进行的，掌管你情感和创造的右脑肯定没睡着，但主张你逻辑和程序的左脑应该是被关闭了，所以你会有睡着的感觉。”夏宇身体向后，靠到了沙发背上，“来，说说你看见了什么，或者感受到什么吧。”

林晓鸣回忆着说道：“一开始感受到光进入身体里，觉得整个身体都在发亮，然后看见了一座透明的金字塔，我进去的时候，不知道为什么就直接看见了一岁半的自己。我抱着她坐在我的腿上，她很安静，后来她就把头靠在我的怀里，好像是你让我说爱她，陪伴她吧，她就仰起头对着我笑，特别灿烂，那时候心里觉得好舒服……”林晓鸣脸上浮现出温暖的笑容，好像又沉浸在与她的内在小孩相处的美好中，待回过神来，她有点儿不好意思地说：“我好像就记得这么多，后面的都没什么印象了，就以为自己睡着了。”

“不错，”夏宇点点头，“第一次冥想就能收获这么多感受，已经相当不错了。冥想也是需要练习的，练习得越多，就越能在放松的同时保持觉知，每次冥想当中收获也就越大。”

# 08 / 不甘心

“现在，我们应该可以再回来聊聊你要和宋磊复合的话题了。”夏宇端起桌上的水杯浅酌了一口，随后用另外一只手托住了水杯，接着道，“晓鸣，我邀请你生命中那位成年的、富有智慧的女性来回答我下面的问题——你认为宋磊是林晓鸣应该携手相伴一生的伴侣吗？”

不知是因为刚刚做过冥想，林晓鸣的整个思绪还停留在一种比较和缓的状态中，还是因为夏宇言语中所邀请的“成年的、富有智慧的女性”起了作用，林晓鸣并未急于回答夏宇的提问，而是陷入了沉思。半晌过后，她犹犹豫豫地开了口，声音里充满了不确定：“我……不知道。”

“OK，”夏宇对于林晓鸣的这个答案毫无意外之感，他放下杯子，拿起桌上的纸和笔，“来，让我们梳理一下，你认为宋磊最大的问题什么？”

“对生活没有目标，随遇而安，不太有责任感，”话一出口，林晓鸣又觉得不对，偏着头想了一下继续说道，“他对他自己感兴趣的事情好像还是有责任感的，但对他自己认为没必要的一律不做。”

夏宇的笔悬在半空中，抬头看着林晓鸣笑道：“这个是问题吗？人人都只会做自己感兴趣的事情啊！”

“不是啊！比如说我也没觉得回家看我爸妈有多少意思，但我总是要时不时回家看看吧！宋磊就能从来不回他爸妈家，每次都是他妈熬不住了，千里迢迢坐车来看他。”为这事儿，林晓鸣刚和宋磊在一起的时候还劝过他，结果两人吵得不欢而散。

“如果按照你的描述，在宋磊的世界里，他怕是只有一个角色——艺术家宋磊，他不认为他需要在这个世界担任其他的角色，包括儿子、男朋友或者丈夫，当然他也就不用承担其他责任。”夏宇放下笔，“晓鸣，你爱上了一个‘巨婴’男人，假设你真和宋磊在一起，你就要一辈子做他予取予求的‘妈’，包括他随时出轨你都要原谅他，因为妈总是能原谅自己的孩子的。只有这样你们才有可能在一起，你确定你可以一直包容他吗？”

林晓鸣垂下了眼睛，默默地摇摇头。片刻后她忽又抬起眼："可是，宋磊也有很多优点啊！他很幽默、有艺术才华……"

"我相信宋磊一定有很多优点，否则你也不会爱上他。"夏宇的声音充满理解，随即他加强了语气，"优点是两个人相爱的原因，但能包容对方的缺点，才是两个人能够长期在一起的决定性因素，所有的浓情蜜意都是在那些看似不重要的，却又始终无法被对方接纳的缺点中消磨殆尽的。"

夏宇的话，相当于对林晓鸣渴望复合的愿望判了死刑，她知道夏宇说的是对的，但是她心里感到阵阵绞痛，一种割舍不下的情愫拉扯着她的内心。

"老师，可是我的心里，就是特别难受。"林晓鸣绞动着自己的双手，声音有些沙哑。

"晓鸣，你会难受，是因为你陷入了'损失憎恶'的心理当中，这是我们人类普遍具有的心理动机。因为之前你在和宋磊相处的过程中，投入了大量的感情、精力以及金钱，当你发现你们无法继续在一起之后，所有你过去投入的，就成为你的损失。每一次谈到这个话题，你对于损失的感受也就更为真切，这也就导致你在对未来进行决策时，会抱住过去不放，甚至认为只有抓住过去，才是对你自己最好的未来。"夏宇顿了顿，接着道，“你还记得你进门时和我讲述宋磊的事情时，不止一次地说到‘你不甘心’。究竟是什么让你不甘心呢？就是你付出的一切并未如你所期待的见到结果。而这个结果应该是什么呢？在宋磊移情前，你自己也不太确认。宋磊的移情，却让你因为损失憎恶的驱动，匆忙将结果定位在了要和他长久在一起。你可以认真地想一想，你这么伤心欲绝地期盼着和宋磊复合，究竟是因为你爱他，还是因为你爱你自己过去为你们的感情付出的种种呢？”

夏宇一番话，醍醐灌顶般点醒了林晓鸣，她目光定定地直视着前方，陷入了深深的思考。夏宇安静地注视着林晓鸣，为她保持着空间的安全感。过了许久，林晓鸣忽然大大地呼了口气，转向了夏宇，脸上有一抹轻松的神情：“老师，您的话让我想起了我的初恋男友，我们在一起的第六年曾经决定结婚。从决定结婚开始，我就特别犹豫，各种恐慌，对未来的生活充满担忧。然后他在婚礼前一周告诉我他负了很多债，现在不能结婚。我当时的反应不是如释重负，反而直接崩溃了！之后居然又和他维持了两年，直到他劈腿才被迫分手。当时我身边知道这件事的朋友都不太理解我为什么被逃婚了还能和他继续在一起，我自己也一直说不清楚，现在想起来，就应该是您刚才说的损失憎恶的原因吧！”

夏宇点点头表示确认，眼神鼓励林晓鸣继续说。

“我现在其实很庆幸并没有结婚，如果当时真结婚了，现在估计也离婚了。我却因为想要一个结果，又拖了两年。现在想想，两年的青春和持续的金钱付出，岂不是更大的损失！这次宋磊的事情，好像也是大同小异，所以这一次我要早点儿止损才行啊！”

“到底是搞经济的，这账马上就算过来了！”夏宇调侃道，声音里却透出对自己这个女弟子举一反三学习能力的欣赏。

林晓鸣苦笑了一下，自嘲道：“就我这算账能力，每段感情都是赔了夫人又折兵，搭了感情又搭钱，也是蠢到没谁了。”这句话是叶阑在听说她和宋磊在一起的时候吼她的，她当时甚是不以为意，现在看来，当真是旁观者清啊！

“人这一生最难的就是看懂自己，这也是学习心理学以及自我成长最大的意义——让我们逐渐看清自己，对每个行为和决定保持清醒的觉察，而不是被自己的潜意识拉扯着毫无意识地过完一生。”夏宇拍了拍林晓鸣的肩膀，鼓励道，“永远不要苛责自己的失误，后悔、内疚没有任何意义，只是说明你还没有准备好承担这个问题的责任。如果我们发现自己做错了什么，在那个当下，首先，要做的就是真诚地道歉，无论对自己，还是对他人；其次，看看我们还可以做些什么补救，或者类似的事情下次再发生，我们应该如何去应对。每一次看见问题，就意味着我们修正人生的机会到来了，你应该高兴才对！毕竟，”夏宇的语气再一次轻松起来，“造物主创造你的时候，从没期望过你是完美无缺的！”

听夏宇说应该和自己道歉，林晓鸣随即将双手捧在自己心的位置，对自己低语道：“对不起，林晓鸣！是我让你在不值得的男人身上搭了感情又搭钱，请原谅我一直以来都没有关注过你的需求……”叨咕了一会儿，她有点儿惊喜地抬起头：“好像和自己这么道个歉，也能轻松不少呢！”

“当然了，我们愿意为自己的行为承担责任的时候，就是把力量拿回来的时候。”夏宇着实喜欢林晓鸣的行动力，“现在，我们一起来看看你可以做点儿什么补救一下，让你更轻松地走出和宋磊分手的痛苦反复期。”

林晓鸣一听眼睛都亮了，她正在担心回家过两天又痛苦了，没想到夏宇主动施予援手，她对夏宇的亲近感立马提升了两度，满脸堆笑道：“师父有啥绝招，徒弟洗耳恭听！”

夏宇微微一笑，就手从桌上拿起了一张纸，卷成了一个小纸棒的模样，举到了林晓鸣眼前，“每件事情，就像这个纸棒一样，具有两端，一端是积极、正向的，另一端是匮乏、负面的，我们意识的焦点关注在哪一端，我们的感受就会停留在哪一端。如果一个人能够长期将他的意识聚焦在正面、积极的一端，当然是万事大吉。但若发现身处低落或负面的状态时，就要意识到，此刻的状态实际上是提供了一个正面意念的参照物。这时候，你就可以停下来问自己，‘我知道自己不想要的是什么，我看见了我失去了什么，那么，什么是我想要的？什么又是我此刻拥有的？’当你这样问时，你已经在改变自己的意识聚焦点，从负向的一端向正向的一端转化。”

夏宇把手中的纸棒交给林晓鸣，提问道：“当你再一次感受到分手的痛苦来袭时，就说明，你的焦点又专注在失去的事物当中了，那这时候你该如何做呢？”

“问问自己此刻拥有了什么。”林晓鸣拨弄着手里的小纸棒，“恢复单身，我拥有了自由，可以去找真正属于自己的 Mr. Right 了；我再也不用给他花钱了，钱都可以花在自己身上；有更多自己的时间，可以每天都去瑜伽馆训练、和朋友聚会。”眼光瞟到了夏宇，林晓鸣忽然大笑道：“我还捡到了一个心理学大咖做我的终身免费私人教练，赚翻了！”

## 09 / 爱自己，从照顾好自己的身体开始

转眼就是阳历年的最后一天了，北京公司以超额完成全年任务 2.3 亿元的优秀业绩给一年画上了完美的句号。林晓鸣带着营销团队的所有同事到三里屯搞了个跨年大趴，都是二三十岁的年轻人，又吃又喝又唱又跳地折腾到新年的凌晨三点才散。

可能是玩得太痛快了，坐在专车上时，林晓鸣毫无睡意。车辆在北京寂静的夜里一路飞奔，两侧的建筑物被夜勾勒出墨黑的身影，偶尔有零星的灯光从某个窗口中透出，显得无限寂寥。在如此宁静的北京寒冬的深夜里，林晓鸣的内心涌上了一股惆怅。

“什么情况？”林晓鸣暗自疑惑，“一切看起来都这么好，

我这是多愁善感个啥啊？”她甩甩头，“估计是这几天太累了，一会儿回家睡一觉，明天就好了。”

林晓鸣睡前特地解除了早上的闹铃，希望给连轴工作的自己奖励一个无边界睡眠，但生物钟依然在早上六点半的时候唤醒了她。她翻了个身，决定再次睡去，然而十分钟之后，她发现自己睡意全无，异常清醒，回家路上袭来的那一抹惆怅，却悄无声息地再一次爬上了她的心房。

林晓鸣下意识地做了几个深呼吸，这段时间持续的练习，已经让她形成了一定的意识习惯。呼吸很快召唤来了她内心的观察者，让她清晰地看见了堵在自己胸口的一团失落。她熟练地关照、安抚了自己的失落。感受虽然退下了，但这没来由的情绪困扰着实让她摸不着头脑。林晓鸣翻身下床，决定把问题抛给专家解决。

“亲爱的师父，首先祝您新年快乐！我衷心地感恩宇宙，让您出现在我的生命里，您是我得到的最完美的新年礼物！为了表达我的喜悦之情，不知能否在这几天假期里请您出来吃顿便饭呢？顺便有一事向您求教。”林晓鸣三下五除二编了条微信，发给了夏宇。自从上次见面后，林晓鸣就经常称夏宇为师父，老师倒叫得少了。

约莫半个小时左右，夏宇回复了。“美丽的晓鸣，也祝你新年快乐！今天中午十一点半，蓝色港湾见吧。”林晓鸣没想到今天就能见到夏宇，开心得大喊了一声“耶”，最后的一点儿睡意也一扫而光，干脆转身去了厨房，做了杯咖啡为自己提神醒脑。

林晓鸣到达餐厅的时候，看见夏宇已经坐在餐桌旁，手里拿着一本书正在阅读。

“师父新年快乐！”林晓鸣淘气地给夏宇鞠了个躬，顺便递上自己准备的新年礼物，“听叶阑说您喜欢品些红酒，这款酒是我最喜欢的，您试试。”

“谢谢！”夏宇看了一下袋子中的红酒，“AMARONE，好酒啊！意大利的红酒丹宁比较柔和，这款酒的层次又很丰富，有机会大家一起品。”放下红酒，夏宇拍了拍桌上的菜单，“你点菜，你送了礼物给我，我来请你吃饭。”

林晓鸣是个美食家，这家餐厅她来了不止一次，点菜自然是轻车熟路。她询问夏宇有什么忌口的时候，得知夏宇只吃素，不由得有点儿失望：“那真是太遗憾了，这家餐厅的乳鸽和清蒸鱼做得特别好，师父不尝尝实在是太可惜了。”

夏宇微微笑道：“你喜欢就尽管点，但吃剩的要打包，不许浪费。”

“您为什么吃素呢？是因为有信仰吗？”林晓鸣点完菜，充满好奇地问夏宇。

“不是，”夏宇摇摇头，“我需要让自己的身体更清洁，才能更好地去感受和链接能量的流动。而且，素食也能让身体更健康。”

健康这个概念还不在林晓鸣的考虑范畴内，她不无遗憾地说：“像您这样，可是要错过多少美食啊！”

“有些你现在认为的美食，在你的身体变得清洁之后，很可能就成为你难以下咽的食物了。要不我找个时间带你做个断食，你有没有兴趣试试？”夏宇颇有挑战意味地看着林晓鸣。

“算了，算了，师父，”林晓鸣连连拱手做告饶状，“您这个境界我差得还有点儿远，我的世界目前还是唯美食和美景不可辜负。等我有了您的修为的一半，再来聊断食吃素也来得及。”

“哈哈，瞧把你吓得。”夏宇爽朗地大笑道，“我还能逼着你吃素不成？不过，”夏宇的手指轻轻敲着桌面，“吃什么我暂且不管你，但怎么吃，我还是要说道说道的。”

“吃还能有多少学问？”林晓鸣一副了然的表情，“细嚼慢咽就行了吧，我听说每吃一口应该嚼 20 还是 30 下来着？但真饿的时候，谁顾得上啊！”

两人说话间，菜陆陆续续端上了桌。夏宇手肘支在桌边，用手指了指桌上的菜，问道：“如果现在我们开吃，你先吃什么。”

“当然是烤乳鸽啦！”林晓鸣毫不迟疑地说，“今天没点鱼，如果有鱼的话肯定先吃鱼，鱼凉了就不好吃了。”

“然后呢？”

“然后就想吃什么吃什么呗！我不太吃主食，如果觉得咸了就喝两口水。”林晓鸣不以为意地说道。

夏宇似笑非笑地看着林晓鸣：“晓鸣，我们为什么要吃东西呢？”

“活着就要吃东西啊！”林晓鸣眼睛都睁圆了，这叫什么问题啊？想了想，她补充道：“美食也是人生一大乐趣呀！所以吃东西也是享受人生。”

“不错，吃东西最重要的意义就是提供给我们身体营养，让我们活下去。”夏宇的声音不疾不徐，“但食物究竟能否给我们的身体提供营养，这就需要食物在到达我们营养吸收的器官时，它本身还具有营养而不是成为垃圾。”

“垃圾？您是指垃圾食品吗？”

夏宇轻轻摇了摇头，指了指桌上的菜："垃圾食品不在咱们的讨论范围，而是这些你认为的健康食物。"夏宇端起杯子喝了口水："高中时学习的人体消化系统的构成和各自的功能你还有印象吧？"见林晓鸣点头称是，夏宇接着道："我们的口腔和胃的主要功能就是把食物加工到可以进入肠道的足够小的程度，再由我们的肠道去吸收食物中的营养。每种食物在胃部所需要的消化时间是不一样的，生的水果和蔬菜半个小时以内就能被消化到足以通过幽门的大小，而煮熟的蔬菜就要超过四十分钟才能被消化，谷物、鸡蛋、豆腐所需要的消化时间比较接近，大约一到两个小时之间，海鲜类的食物则需要两个半小时以上的时间，红肉类的食物所需要的时间最长，起码要四个小时以上才有可能被胃部消化。当然，具体的时间还会因为每个人的消化能力和吃的数量的多少而有长短变化，但最少，都需要上面我所提到的时间。

"你想想我们胃部的形状，上下都是很小的口，如果下层的食物不能排出胃部，后面吃下去的食物就会堆积在上层，即便已经完成了消化，它也要持续在充满胃酸的、加温的环境中停留。就像你刚才提到的先吃乳鸽或者鱼，后面再吃进去的蔬菜就堆在上面，消化完成后依然持续发酵，等到乳鸽完成消化进入到你的肠道后，这些蔬菜早就酸化得没有什么营养可言了，甚至还有可能给身体造成负担。”

“还有你边吃饭边喝水的习惯，”夏宇端起杯子，示意让林晓鸣也喝口水，“边吃饭边喝水是对胃损伤最大的坏习惯，因为水是可以经由我们胃部短边的一侧直接通过我们的胃部，但它经过的同时，会带走胃部已经分泌的消化液。所以，你一定有胃方面的毛病吧。”

“嗯，”林晓鸣点点头，“这还真是我一心病，以前胃痛也就算了，从大前年开始，每次胃痛最后一定会发展成胃痉挛，那可是，”林晓鸣说着不由得抽了一口气，“疼得生不如死！想想我都害怕。”

“那你就更要戒掉餐中喝水的毛病，餐后两小时内也要禁水、禁水果！”夏宇正色道，“要养成餐前喝水的习惯，给身体补充足够的水分，就不需要在餐中喝水了。另外吃得清淡一些，不仅避免餐后口渴，更会对身体好处多多。”

“依您刚才所言，正确的吃饭顺序应该是先喝水，然后是生的水果和蔬菜，再吃熟的蔬菜，再之后是豆腐、鸡蛋、谷类，最后才是大鱼大肉，对吗？”林晓鸣一边和夏宇确认，一边在手机上记录着。

“是的。”夏宇补充道，“如果有条件，水果最好在餐前半小时吃效果会更好。如果喝汤的话，也要放在饭前喝。你刚才说的细嚼慢咽也非常重要，如果你能做到每口食物都咀嚼 24 下再下咽的话，你的胃的消化负担就会小很多。”

“师父，看不出来，您不光能读懂人心，还是位养生达人啊！”林晓鸣收起手机，感叹道。

“晓鸣，身体是我们在这世上经验人生、自我修行的最重要的载体。没有健康的身体，所谓的心灵成长，也就是无根之木。当身体被垃圾、病痛填满时，我们去链接、感受到更宽广资源的通道也就被堵塞了。所以照顾好我们的身体，是生命的义务。”夏宇语重心长地说道，“你现在看来，健康是你理所当然拥有的。但如果你只照顾自己的口欲，而不去关注你的身体需要什么的话，就像你的胃痉挛一样，你身体的其他问题也会悄然而至。所以，”夏宇停顿了一下，“想学会爱自己，就从学会照顾自己的身体开始吧。”

## 10 / 感受来自内在还是外在

一开始用餐，夏宇就要求林晓鸣禁语，只是专心吃东西。对于已经习惯了边吃边聊的林晓鸣来说，这个要求简直比把烤乳鸽放到最后吃还难。好在夏宇全身总是散发着让人放松的自在能量，林晓鸣慢慢也就把注意力集中在每一口嚼 24 次上。约莫 20 分钟的样子，林晓鸣放下了筷子，自言自语道：“我怎么好像吃饱了？”看着桌子上还没来得及吃的乳鸽，她不禁有点儿遗憾：“还没来得及吃我最喜欢的东西呢！”

夏宇也放下了筷子，用餐巾纸轻擦了一下嘴：“怎么样，这顿饭和你以前来这家餐厅吃过的饭有什么不同吗？”

“我突然发现他家的荷兰豆炒得也是相当不错呢！一股清

香。”林晓鸣吃货本色不改，“另外沙拉特别新鲜，每一口都有晨露的味道。”

“不错，吃出了食物原本的味道。”夏宇的身体舒服地靠在餐椅的靠背上，“而且，你应该比你平时少吃了不少东西吧！”

“是啊，乳鸽都没碰呢！”林晓鸣的眼睛盯着餐盘里那两只烤得焦香酥嫩的乳鸽，“这要是平时，我上来就干掉它们了，也不影响我后面再吃这些菜叶子。”

“晓鸣，刚才你和我说，在你看来‘唯美食和美景不可辜负’，你这么喜欢美食，但你平时在吃东西的时候，有几分钟是像今天一样，真正让你自己和美食待在一起呢？还是在一边聊天、一边看手机、一边工作的同时，把食物塞进自己的嘴里，甚至不知食为何物呢？”

“一般来说，每次刚开始吃饭的时候，都顾不上其他的，就是狼吞虎咽的，嘴里觉得好吃了就行。但吃得有几分饱了之后，基本上就是又吃又聊的，不太关注自己吃的是什么了。”林晓鸣倒也老实，“工作忙起来就另当别论了，吃不吃都是无所谓的。”

“所以，你就是为你的嘴而吃，对吧！”夏宇一语中的，说得林晓鸣嘿嘿地笑了出来，“你有没有想过，你吃过的东西在未来的两小时到二十四小时内，就会变成你身体的一部分？”

林晓鸣点点头，随后又摇摇头："您这么说我当然能理解，但实话说，平时吃东西的时候从来没有任何意识。"

"是的，正是因为从来没有意识到此刻的食物马上就会成为你身体的一部分，你才不会去体会身体需要什么，而只考虑你的嘴喜欢什么。"夏宇的手朝林晓鸣嘴的方向指了指，"甚至当你的身体不停地告诉你'够了够了'的时候，你却还在大快朵颐。"

"就我这么吃还偏瘦呢！"林晓鸣一直是人人羡慕的只吃不胖型，她有几分得意地回嘴道。

"所以你应该感谢宇宙，给了你一个强大的代谢系统，让你保持这么纤细的身材。"夏宇先是笑着双手合十做祷告状，随即调整了语气，"即便多吃不影响你的身材，但你的身体消化代谢掉这些不需要的食物却要消耗大量的能量。要知道，我们的消化系统通常会占据身体能量消耗的75%以上，如果你能节省这部分能量，你的身体就有更多的可能性去完成再生、修复等工作，反而会令你更加健康。"

"哦……"林晓鸣若有所思地点点头，"那怎么才算体会身体的需要呢？我平时只要有时间，都是想吃什么就吃什么，这样算不算满足身体需要呢？"

“照你的说法，如果你想吃垃圾食品的时候，难不成是你的身体需要垃圾食品了？”夏宇忍不住笑出来，林晓鸣想想自己每次吃垃圾食品的时候，还真是这么大言不惭地宣称的，也不禁笑了。

“体会身体的需要，就需要更多地和身体产生链接，体会身体的感受。最简单的方法就是练习有意识地呼吸。当意识集中在呼吸上的时候，就会感受到身体的存在。下周你来工作室的时候，我会再教给你一个更简单的呼吸练习方法。但你现在练习的观察自己的情绪，一样对你链接自己的身体是有帮助的。”夏宇停顿了一下，继续道：“另外，吃东西的时候，要全然地和自己还有食物待在一起，这会让你感受到，眼前的食物是否真是你身体所需的。从另外一个角度讲，这些食物贡献了它们的生命来成全你的生命，也值得你去全心全意地体验它们的价值，不是吗？”

“被师父这么一说，吃东西变得好神圣啊！”林晓鸣一脸郑重，“忽然觉得自己之前辜负了那么多的生命！”

“从今天开始尊重它们也来得及。”夏宇移动了一下身体，略微调整了坐姿，“吃东西的问题今天就谈到这儿，这些足够你适应一阵子了！在你的每顿饭中去实践，每日练习报告要加上这部分内容的回顾。”待林晓鸣一直忙于记录的双手在手机上停下来时，夏宇语重心长地补充道：“晓鸣，对你的身体好，身体会加倍地回报你。”

“师父，我会努力试试，但是，”林晓鸣坦诚地说，“这件事我觉得比每天练习 30 分钟要难很多，毕竟我经常是和很多人一起吃吃喝喝，估计我说不能说话，大家都会觉得不舒服。”

“如果是熟人，你解释一次，他们即便一下子不能理解，但过几天也就适应了。再说你虽然不说话，他们仍然可以随便说啊！如果是半生不熟的人一起吃饭，肯定也不差你说的那几句话。”夏宇看着林晓鸣，“我们每个人都容易夸大自己的重要性或对他人的意义，其实就是为我们自己停留在舒适圈里找到一个更体面的借口。很快你就会发现，即便你吃饭不说话，所有人还是相聚甚欢的。”

“好像也是！”林晓鸣想象了一下和别人吃饭的场景，喃喃自语道。

“你今天早上发微信，不是说有事情要问我吗？”夏宇话锋一转，无缝链接到林晓鸣今早的困惑上。

要不是夏宇提及，林晓鸣差点儿忘了自己约夏宇吃饭的目的，她轻拍了一下自己的脑袋：“瞧我这记性，光顾着听师父教诲了，自己想问的反而忘得一干二净。”

“只能说明面对美食的时候，早上的困扰已不是你此刻最迫切的问题了，”夏宇打趣道，“我相信林小姐一定有‘一吃泯恩仇’的能力。”

“师父目光就是毒辣。”林晓鸣斜着眼，做审视状笑道，“这都逃不出您老人家的法眼。”

两个人随即一起笑了起来。但玩笑归玩笑，探讨不能停。收了笑声，林晓鸣把她在今晨连续两次体会到怅然所失情绪的前后经过和夏宇简述了一遍，而后不无困惑地问道：“师父您看，我们刚刚完成了年度任务，表彰、奖金都是肯定的事情了；昨天下午还收到集团总裁发给我的信息，说感谢我的付出；昨晚庆功趴上，我的小伙伴们一起把我举得高高的，我能感受到他们每个人都是发自内心地尊敬我，也愿意支持我；宋磊的事情我觉得自己也在慢慢走出来，这两天也没反复……所有的事情看起来都很完美啊！为什么我会在本应美好的时候觉得失落呢？”

“这个问题很有趣。”夏宇想了一下道，“我们先从你表面的困惑谈起吧！从你刚才的表述来看，你有一个潜在的逻辑就是‘我们的境遇主张了我们的感受’，所以你认为在一切顺利的时候，你应该开心、满足，而不应该有失落，对吗？”林晓鸣点头称是，夏宇接着道，“那我假设一个场景，你给你的团队开会，因为一件事你拍了桌子，训了一通话，这个时候在场的每个人，他们的心情和感受是否都会是一样的呢？”

这场景林晓鸣工作中常见，所以她回想了一下大家可能呈现的表情，摇了摇头说：“应该不一样。”

“没错，可能其中一个人想‘完了，虽然林总没点名，但她肯定是在骂我’，所以他感到很紧张；另外一个人想‘林总就是比我们想得周全’，所以他觉得很佩服你；还有人想‘幸亏我没沾这事儿’，所以他觉得很庆幸；还有人想‘没想到这个问题还能这么处理’，所以他觉得很惊喜或者惊讶……总之，如果有十个人坐在一起，在那个当下，就可能会有十种不同的感受存在。”夏宇略微停顿了一下，反问道，“对于你所说的相同的内容，为什么不同的人会有不同的感受呢？”

“因为每个人对同一事情的理解是不一样的啊！”

“没错！”夏宇轻点头，“那这个理解是来自于外在，还是存在于我们的内在呢？”

“内在。”说完林晓鸣琢磨了一下，略有犹豫地说，“您的意思是说，我们的感受都来自于我们的内在，与外在无关？”

“是的，”夏宇肯定道，“说到底，外界发生的事情，仅仅是引发我们内在情绪感受的一根导火索，而情绪或感受本身，是在我们内在已经存在的，而非外界给我们的。反过来，我们的内在情绪感受倒是会影响到外界事物的进程，越是积极的情绪状态，越能带来更好的结果。”

## 11 / 享受过程和实现目标一样重要

说完上述一番话，夏宇像是故意留出时间给林晓鸣思考一样，并没有急于继续话题，他叫来服务生结账、打包，随后站起身来，对林晓鸣说："今天太阳这么好，我们去外面溜达溜达，晒晒太阳。"

蓝色港湾旁边有一个非常大的公园，两人信步而入。时值隆冬，公园里一片萧瑟。但恰逢假期，又是难得的好天气，还是随处可见三三两两的游人结伴而行。林晓鸣低着头跟随夏宇的步伐，心思全在他刚刚说过的话题上。

"师父，照您的说法，如果情绪感受在我们内在，假设我们陷入某种负面情绪中，岂不是不用去解决我们面临的问题，而只要调整自己，让自己高兴就行了？”

夏宇的目光从结成冰的湖面上收了回来，看向林晓鸣点了点头：“的确是这样。”

“但这显然和现实的境况相背啊！假设我没完成公司去年的销售任务，此刻我肯定不可能这么踏实地在这里和您讨论问题，即便人在这儿，我估计也是很沮丧的；或者像现在这样，咱俩相谈正欢的时候，突然有电话来说项目上出事儿了，需要我立刻过去处理，我肯定就没这么高兴了。您看，外界这些事情的确会影响人的情绪啊！也正是因为外界的事情影响我们的情绪，而我们又都有变得更高兴的渴望，我们才有解决问题的动力呀！否则我们既然已经都很高兴了，遇到困难岂不是都会绕道走？”林晓鸣说到最后，有意绕着夏宇转起了圈，像是把他当作一个大的困难一样。

夏宇被林晓鸣绕得眼晕，干脆不去看她了，目光又投向了冬日里的湖面，话却是说给林晓鸣听的：“你会觉得自己的情绪由外界事物决定，是因为我们的内在有一套被驯化的程序。在我们幼年时期，父母、老师常常会因为我们做对了某一件事而奖励我们，也会因为我们做错了某一件事就处罚我们，所以在我们的意识里就逐渐形成了‘我们会被怎样对待，并因此会有怎样的感受和体验是由外界事物决定的’这样的想法。但晓鸣，”夏宇收回目光，看向林晓鸣，“你要开始逐渐形成对一切保持‘科学而谨慎的怀疑’的思考习惯，例如我们已经习惯的既定俗成的人生程序，是否就一定是正确的，是对我们人生最有利的呢？”

林晓鸣本能地摇了摇头，但一时也不太确定究竟哪些就是不利的。

夏宇自然是读懂了林晓鸣眼里的犹豫，他解释道：“我们回到你刚才的假设上，如果你没有完成集团的销售任务，我想知道，你很沮丧或者做什么事情都没心情，就能让你没完成的任务得以被完成吗？还是说有可能让你没完成任务这个结果有一些更好的转机呢？恐怕都不能吧！”见林晓鸣摇了摇头，夏宇接着道：“至于说高兴了就没有解决困难的动力了，是你低估了人类对自己价值实现的渴望。就拿你来说吧，如果现在真有电话来让你去处理事情，无论高不高兴，我相信你肯定都会去处理。但有一点你要觉察的是，究竟是在你高兴的情况下处理问题的结果会更好，还是在你不高兴的情况下处理的结果会更好呢？”

“那当然是前者了。”林晓鸣笑道，“我真要是去处理了，一般路上就会调整情绪，去都去了，不高兴也没用啊，要不到现场就光想骂人了！”

“你看你自己已经很好地解释问题了——情绪本身对于我们能否会去处理问题并没有推动。但如果我们认定负面情绪因外界而起，就会无意识地放弃对自己情绪的调整，唯一可能去做的就是压制自己的情绪。长期而言，这对我们的生命是有百害而无一利的。但如果我们能够了解所有的情绪来自于自己的内在，就会有更多的主动意识去掌控它。处理好我们的情绪，再去处理外界的问题，也能获得更好的结果。”

林晓鸣望着湖面若有所思地点了点头，片刻后，她再次扭过头看向夏宇：“师父，您说情绪来自我的内在，那您能告诉我，我的内在为什么会在新年伊始的时候感到失落呢？”

“晓鸣，你一直是目标感极强的人吧？”

林晓鸣点点头，不太明白夏宇为什么忽然会问这样一个问题，下意识地反问道：“目标感强不好吗？”

“不是好或者不好的问题，太看重目标的人，往往容易忽视过程的体验。而人生最重要的是要学会体验过程，而非到达目的地本身，否则就我们的一生而言，匆匆忙忙地赶路，无非是赶着去坟墓，不是吗？”

夏宇的话在林晓鸣听起来，有点儿似曾相识的感觉。她思索了一下，印象里似乎是一次和宋磊吵架的时候，宋磊说过类似的话，而她一直认为这些话是宋磊不思进取的借口，没想到夏宇也会有这样的观点。

“师父，您不觉得所谓的享受过程就是自我放纵的借口吗？”林晓鸣直言自己的不同意见，“比如像我在平时工作中，集团给我下了三个亿的目标，我和我的团队说，没关系，你们只要享受过程，卖多少都是不重要的，估计没两个月，我就被公司开除了。”

对于林晓鸣的质疑，夏宇并不以为意，他笑道：“晓鸣，你这是个典型的二元对立的思维——不是黑就是白，不是好就是坏。我说要享受过程，有说一定就要放弃目标吗？目标是一个方向，但如果成为行动的唯一理由，就很容易让整个过程变成痛苦地坚持，因为内在会觉得唯有实现目标才有快乐或者幸福的可能。最后即便目标真的实现了，快乐能持续的时间也是非常短暂的，因为，”夏宇停顿了一下，加重了语气道，“对于必须盯紧目标的人而言，目标一旦实现，也就失去了，所以一定要找到新的、更大的目标才会有前进的动力。这也就是为什么你会在实现了上一年的目标后，内心会觉得失落。你没有了前进的目标。”

夏宇这番话着实令林晓鸣费解，她一直认为自己人生拥有的一切成就，都得益于自己卓越的目标感和使命感，今天被夏宇一说，居然成了问题，她一时无法接受。

林晓鸣的困惑夏宇尽收眼底，他询问道：“晓鸣，你回想一下，平时生活中，如果一段时间不给你一个新目标，你会不会觉得没意思？”

林晓鸣耸了耸肩，两手一摊：“没错，我一直说我自己在工作上是喜新厌旧的，如果一段时间没什么可挑战的目标，我就觉得很无聊。可是……”林晓鸣迟疑了一下，“我没觉得有问题呀，难道这样不好吗？”

“的确，目标感强的人往往会跑赢人生的前半程。因为这个阶段，我们有无数人生目标期待实现，比如要有钱、有房、有社会地位、有个好伴侣等等，想找到目标并不难，而每一次目标的实现，又会鼓舞你进入下一个目标。在这个阶段中，尽管目标实现的同时也会有失去目标的苦痛，但这点儿情绪的波动轻易就能被进入新目标的兴奋覆盖。”夏宇的目光又一次投向了远处的湖水，“但总有一个时刻，目标型的人会产生有心无力的感受，基本目标都已实现，而更高的目标则需要付出更大的代价才能实现，这个时候目标型的人往往很容易陷入所谓的‘中年危机’。”

“本来呢，以你目前的年龄，在追逐目标的这条跑道上再跑个十年八年估计问题也不大。但机缘巧合，你接触到了心理学，这段时间观察者的训练，让你对自己内在的感受越来越敏锐，你才会意识到自己内在的失落感。”夏宇的语气有了赞赏和鼓励，“如果你从现在开始，在关注结果的同时，更关注过程体验的方式调整，你会发现，你人生的上升通道会更长，收获也会更大。”

“怎么就算关注过程体验了呢？”林晓鸣开始逐渐理解夏宇的话了，但转换到现实生活中，一时还不知该如何去做。

“就拿你完成销售任务这件事来说吧，为了能够实现销售任务，你和团队制定了很多的计划和策略。在这个阶段，你的焦点就应该在目标上。但在实现的过程中，看见你的团队有哪些变化、哪些成长，去赞美他们；或者其中重要的成员有怎样的困惑和纠结，去共情和帮助他们。在这个阶段，你的焦点就应该放到对团队成员的关注上，因为结果是经由他们的努力创造的，你越多地看见他们，就会收获越多的过程体验。到最后，就算偶尔一次没有实现销售任务，你也会因为拥有这样一支不断精进成长的团队而喜悦。当你的成功不再聚焦在一点上时，你也不会因为跨越了这个点而失落。”

林晓鸣沉浸在夏宇营造的画面里，反复品味着他的言语，半晌突然冒出一句：“师父，听您一席话如读万卷书啊！看不出，您还是管理方面的大师呢！”

## 12 / 人生百态，接纳不同

春节前，夏宇在自己的家里办了个聚会，请自己的学生和同事到家里小聚，也邀请了林晓鸣。听说其他的被邀请人不是夏宇在中科院带的博士生，就是夏宇课题组的同事，林晓鸣有点儿担心聚会现场专业氛围太浓厚，自己融入不了，于是央告了夏宇让她和叶阑一起过去。

夏宇家所在的北京顺义别墅区，是林晓鸣平时“踩盘”经常去的地方，她带着叶阑轻车熟路地准时到达。应声开门的是一位优雅知性的女性，见到林晓鸣热情地说道：“你们一定就是林晓鸣和叶阑了，快进来！”随后回身对着室内扬声道：“David，晓鸣她们来了。”

“您就是师娘吧！”林晓鸣忽闪着大眼睛，猜测道，“我是林晓鸣，这是叶阑。”说话间，夏宇已经出现在林晓鸣面前，他笑着介绍道：“这是我太太孟晓灵，你们叫她 Julian 就行，或者孟老师，随便你们。”

“我可以称呼您师娘吗？”林晓鸣一边随夏宇夫妇二人进屋，一边征询着孟晓灵的意见。

“当然可以。一直听 David 说你管他叫‘师父’，我们俩在国外待的时间长了，很少听到这样的称呼，今天听你叫我师娘，还真觉得挺有趣的。”孟晓灵笑道，让林晓鸣立刻有一种如沐春风的感觉。

“师娘，您好美啊！”林晓鸣从来就不是个温柔娇媚的女人，所以对于自然流露的女性柔美有一种艳羡的欢喜，孟晓灵传递出的温婉优雅又在柔美中多了几分大气，让林晓鸣分外着迷，“我一个女人看着您都觉得移不开眼睛，我师父有这么美丽的太太，他一定幸福死了！”

“这都被你看出来了，”夏宇端着两杯果汁过来，递给林晓鸣和叶阑，顺势搂住了孟晓灵的腰，“我承认我是这世界上最幸福的男人。”言罢笑看了一眼怀中美人。

“您这狗粮撒的，”林晓鸣假装用手蒙住了眼睛，“辣眼睛！”

孟晓灵不由得莞尔，拉下林晓鸣挡住眼睛的手，笑道："别听你师父的，他是表演系毕业，专攻言情戏。"言罡笑着斜了夏宇一眼，随后带着林晓鸣和叶阑走到客厅，介绍她们与到访的其他人结识。

"师娘真是太美了。"在等待开餐的间隙，林晓鸣和叶阑坐在会客室的沙发上小憩，林晓鸣的目光追逐着在客厅里轻言巧笑的孟晓灵，不由得对着叶阑又一次感叹道。

"Julian何止是美呀！人家今年都五十几了，当年可是华盛顿大学公认的亚裔校花呢！哲学博士，去年才回国到北大任教。她可是真正的美貌与智慧并存呢！"叶阑的信息总是特别多，仿佛"度娘"上身一样滔滔不绝。

"真的啊！"林晓鸣内心对孟晓灵的崇拜又多了几分，扭头对叶阑道，"最重要的是，我师父看师娘那个眼神，满满都是爱啊！你说这不就是人生赢家吗？"

"谁是人生赢家啊？"夏宇不知在何时到达了会客厅，"你们俩躲在这儿聊哪个人生赢家呢？"

"师父，"林晓鸣站起身来，"这满屋子的人里面，配得上人生赢家的除了您和师娘，还能有谁啊？！"

夏宇爽朗地笑了："在我看来，这满屋子的人都是人生赢家啊！包括你和叶阑。你看你这么年轻，就已经是上市公司的区域副总了，在专业领域有口碑、有建树、有业绩，同时也赢得了自己的财富，更重要的是，你并不止于外界的财富，开始探索内在的幸福；而叶阑不依靠长辈，自己养育一儿一女，照顾家庭，让先生能够安心创业，与此同时，会从自己的内在去找寻生命的价值和快乐的意义。你们都是在各自的生活领域中努力绽放自己生命的人，在我看来，这都是人生赢家啊！”夏宇满眼笑意看着林晓鸣和叶阑，“别去比较他人的生命，每个人都是这世界上独一无二的风景，正是因为人生有百态，人间才有万千风情。我们唯一应该去比较的，就是今天的自己有没有比昨天的自己有所成长，有没有更加快乐。能够做到这一点的，早晚都会是人生赢家！”

“哇！师父您这段话真是太激励人心了，我要赶快记下来，直接搬到我今年的述职报告里去。”林晓鸣一边说一边掏出手机，认真做起记录来。

“简单记记就好了，Julian 让我来叫你们俩吃饭，这一聊都忘了开餐的事儿了，”夏宇轻拍着自己的脑门，“老记不住吃饭的事，咱们快过去吧。”

三人移步餐厅，见大部分人都已落座，孟晓灵冲着林晓鸣拍了拍自己右侧的位置，“晓鸣，你和叶阑坐这边来。”林晓鸣求之不得，拉着叶阑快走几步，到孟晓灵的身旁坐下。

夏宇手举红酒杯，简单地做了个开场，感谢了所有人一年来的支持，也预祝了大家春节快乐。一进入用餐的环节，餐厅里一下子安静了，显然参加聚会的人都深谙夏宇静默用餐的习惯，每个人都显得颇为自在。唯有叶阑，尽管电话里听林晓鸣讲过和夏宇对她吃饭的要求，但毕竟是第一次身临其境，多少还是觉得别扭。她时不时用眼角瞟向林晓鸣，见林晓鸣只是眼观鼻，鼻观口，口观食地专注在吃上，心里默叹了口气，觉得这顿饭吃得着实有点儿累。

十五分钟左右，陆陆续续有人放下手中的筷子，表示自己已经吃好了。随着有人开始交谈，叶阑不由得松了口气，觉得好像回到了正常的就餐氛围。一旁的林晓鸣放下筷子，扭头对叶阑说：“第一次静默吃饭是不是有点儿别扭？我现在可以说话了，要不要我陪你说话，你继续吃？”

“别别，”叶阑低声道，“别整得我像异类似的。”

叶阑的声音虽然低，但毕竟餐桌不大，声音悉数传到了孟晓灵耳朵里，她微侧过头看向叶阑：“怎么会？叶阑，在不侵犯他人的前提下，每个人都有权利按照自己想要的方式生活。如果你还没有决定选择静默就餐，当然可以一如既往地边吃边聊啊！也就是这次聚会的范围小，大家都是有静默就餐习惯的人。之前聚会人多的时候，一起吃饭也是有人静默有人聊天。所以，”孟晓灵笑盈盈地看着叶阑，“如果一个人想要活得自在，就要接纳他人和自己是不同的，也要允许自己和他人不同。”

“但通常我们的行为和周边环境不同时，都会感到不自在呀！您怎么会说允许自己和他人不同反而自在呢？”林晓鸣的问题马上就跟出来了，反正这一屋子的人，除了她和叶阑，都是学术专家，装也装不成大咖，不如坦承自己的疑问，还能学到更多东西。

“我说的自在，是内心的自在，而不是外表的自在。”孟晓灵用手指了指林晓鸣心的位置，“当你放弃你内在的想法和需求，顺从外界的环境时，你的心真的会觉得自在吗？”

“有时候觉得无所谓，也有时候觉得很委屈。”

孟晓灵点点头：“那些无所谓的时候，就是你在一定程度上选择接受外部环境所要求你做的事情；而那些委屈的时刻，就是你并不愿接受外界环境的要求，但被迫做了不得已的认同。如果这样的事情发生多了，你的委屈就会在你的生命里积蓄，这股能量如果没有化解的方法，就会让你去攻击别人，或者攻击你自己的身体。至于如何攻击，等遇到合适的时机，让你师父给你讲吧。”孟晓灵说着回看了一眼左手边一直微笑不语的夏宇，两个人的眼神在空中短暂纠缠了两秒，随即分开。

从林晓鸣所坐的位置，看不见孟晓灵的表情，却可以清晰地看见两人在眼神交流的一刻，夏宇眼中的欣赏和喜悦。林晓鸣心里又是一阵艳羡，夏宇和孟晓灵之间的情感状态，正是她梦寐以求却又求之不得的，想想自己前前后后遇到的几个男人，即便此刻还在一起，也绝不会有夏宇和孟晓灵之间的温情和爱意。想到此，林晓鸣难免有点儿沮丧，不由得暗自叹了口气。

即便没有面向着林晓鸣，孟晓灵还是清晰地感受到身旁的姑娘能量突然有些低落。她看似毫不在意地转过身，询问叶阑是否已经用餐完毕，然后站起身，笑着招呼林晓鸣、叶阑：“走，咱们女人去楼下坐坐，聊聊女人的话题，不和他们几个大老爷们混了。”

# 13 / 允许女性能量流动起来

林晓鸣拉着叶阑，跟随着孟晓灵来到了别墅的地下一层。一下楼梯，映入林晓鸣眼帘的就是自地到天的一整墙书。她自己操作过的项目不乏这样风格的样板间，但今天真在现实生活中见到了这样的家居陈设，还是不免赞叹夏宇夫妇的渊博知识。

“师娘，您和师父真是神仙伴侣啊！”林晓鸣的目光掠过那一墙中文、英文交叉放置的书籍，满脸敬佩地看着孟晓灵：“知识渊博，又如此恩爱，最要命的还又帅又美！”她扭过头问叶阑，“你刚才超浓缩那句总结是什么来着？”

“集美貌与智慧于一身。”叶阑快速反应道。

“没错，完整说就是集美貌、智慧与幸福于一身。我以前觉得像您这样生活的人物都是小说里杜撰的，今天还就见到真人了。”林晓鸣啧啧赞叹道，“当真是羡煞旁人！”

“哈哈，”孟晓灵被林晓鸣的表情逗得忍俊不禁，“我算怎么个人物啊？怕是你这小脑袋瓜里自己杜撰的吧！”说话间，三人走到了沙发区域，孟晓灵坐下，打开茶几上的一个多宝盒，“来，吃点儿坚果，很好的餐后小零食。”

林晓鸣对于孟晓灵的兴趣俨然比对茶几上的坚果更大，她向前凑了凑，一脸好奇地问：“师娘，您能传授一下，您是如何搞定我师父的吗？我就算学不来，也算长长知识。”

“你没有男朋友吗？”孟晓灵有点儿惊讶地看着林晓鸣。

“何止是没有男朋友，还刚刚被抛弃呢。”林晓鸣身体倒进了沙发背里，做绝望状，不过内心早没了一个月前的凄凉，“我就是因为这个才认识我师父的啊！也算因祸得福，”林晓鸣立起身子，“我师父没和您说过吗？”

孟晓灵摇摇头，“你作为案主部分的内容，David 绝不会和我提一个字，这是他的职业规范，倒是和我说过一些给你上课的事情，所以在我印象里，你就是个聪明又上进的孩子，事业上也卓有成就，今天一见居然还这么漂亮。”

“您不知道，她呀！大好青年她都不喜欢，就偏去喜欢那些看上去生活一团糟的男人，”叶阑见林晓鸣在孟晓灵面前并没有太多顾忌，也就毫不留情地揭了林晓鸣的底，“次次都是搭了感情又搭钱，最后被别人劈腿才舍得放手。”

“听叶阑这么说，你倒是挺有几分侠女气质啊！”孟晓灵头微微侧着，饶有兴趣地看着林晓鸣。

“何止几分，”林晓鸣还没来得及说话，叶阑已经抢着发声了，“简直就是百分之百侠女，您别看她身材娇小，心里绝对住着个汉子。上大学那会儿，还曾经为别人抱打不平，差点儿和一个男生干起来，也不掂量一下自己和别人体重的悬殊！我和她认识这十几年，就怕看见她和别人冲突，拦都拦不住。”十几年的朋友，叶阑今天可算是找到投诉的对象了，一股脑儿地倒了出来。

“哪儿这么严重啊！”林晓鸣白了叶阑一眼，“都是别人先惹我啊，总不能因为个子小就随便被人欺负吧。”

从叶阑的一番话里，孟晓灵已经基本上了解了林晓鸣性格的主要特点，但她还想听听林晓鸣自己怎么说，于是问道：“你觉得叶阑说得严重了，那晓鸣，你用三句话总结一下自己的性格特征吧！”

林晓鸣思考了片刻道：“是非分明、注重公平；使命必达、值得信赖；追求完美、真诚善良。”

“听起来，你很容易成为世人眼里的好朋友、好领导、好员工，但这些特征，当女朋友或者妻子的时候，恐怕你身边的男人会有点儿辛苦哦。”

“我身边的男人辛苦？”林晓鸣一脸的问号，“师娘，这您可冤枉我了，您问问她，”林晓鸣指指叶阑，“在我身边的男人都是享清福的，哪个辛苦啊！”一旁的叶阑赞同地点着头。

孟晓灵从茶几下面拿出一张纸，又从抽屉里找了一支笔，顺手在纸上画了个太极图。“这个图形你们都认识吧！”孟晓灵抬头看着林晓鸣和叶阑，二人点点头，“这个图形的原名叫作‘天地自然之图’，它所表达的就是天地之间阴阳能量的流转，两者之间彼此转换又彼此包容的状态，所以天地自然的关键在于阴阳的平衡。人类作为天地万物的成员，自然也不能例外。”

林晓鸣一脸茫然，不知道这天地自然之法与她身边的男人辛苦又有怎样的关系。

孟晓灵看向林晓鸣：“刚刚你所说的关于你的性格特征除了真诚善良以外，其他都是典型的阳性能量的形容和表现，也就是说，在你的性格里，阳性能量明显多于阴性能量。但在家庭的太极图中，女性应该更多地呈现出阴性能量，男性才应该更多地呈现阳性能量。而你所呈现的却是强大的阳性能量，这势必就会造成你与伴侣之间阳性能量的冲突，甚至会压制你伴侣的阳性能量。你回想一下，过往情感生活里，你和男朋友是不是会经常意见不合？即便你的男朋友在某件事情上的意见对你们是更有利的，恐怕你也很难接受他的意见吧！”

林晓鸣歪着脑袋想了想，“宋磊应该说过类似‘你永远都是正确的”这样的话，再往前的实在是记不大清了。可是师母，”林晓鸣不解地问，“这些有什么不好的吗？我一直都把这些当作我的优点呢，而且我觉得我能成为集团少数的女性高管，也正是因为我具备这些您所说的阳性能量吧！”

叶阑也接话道：“我曾经参加过一次晓鸣公司的大型客户活动，她开场讲话的时候别提多有气场了！”

孟晓灵了然地点了点头：“我能想象得到，David 给我看过采访你的报道，的确逻辑清晰、见地独特，你事业上的风采可见一斑。但是晓鸣，工作仅仅是我们生活的一部分，职业女性也只是我们生命的角色之一。在工作之外，我们还应该是女儿、妻子、女朋友、闺密、母亲、艺术家、舞蹈家……只有当我们能够在这些角色之间自由流转时，我们的生命才是完整的，并拥有了属于自己的自由。”

“作为女性，阴性能量是我们生命当中与生俱来的存在，如果我们长期压抑或者隐藏我们的阴性能量，不仅仅会在生活中制造不必要的艰难和压力，更会使得我们身体内的女性器官被攻击。你是不是有乳腺或者子宫方面的问题呢？”

“乳腺增生，”林晓鸣倒也不隐瞒，“但我看体检报告上，没几个女人没有乳腺增生的，所以一直也没当回事。”

“现代女性普遍乳腺增生、子宫肌瘤的原因之一，就是现代生活高强度、快节奏，让女性越来越多地表现出阳性能量的一面，压抑了阴性能量。”听了孟晓灵的话，林晓鸣和叶阑彼此对望了一眼，心下都有些骇然。

“最重要的是，”孟晓灵优雅地移动了一下身体，交换了两腿交叠的位置，“既然我们身为女人，天生就具备阴性能量，为什么不利用它，而一定要费力气压制它呢？像直觉、感受力、敞开、接纳、包容、慈悲、温柔、链接、滋养、无条件的爱、性的力量……这些都属于阴性的能量，是不是听听都觉得很美好呀！”

林晓鸣眨眨眼：“师母，我觉得这些词说的就是您啊！难怪您那么美，原来您身上流动的就是阴性能量，果然很有吸引力呢！”

孟晓灵的双眸中都是笑意："我们常常说'女人如水'，看似水永远是随形而动，从来都是水去适应外界的环境，改变它流淌的方向，但实际上，凡是经过水冲刷的事物，一段时间之后定会被其改变。所以晓鸣，允许你身上的阴性能量流动起来，你会发现，这不仅仅会让你的生活更加滋养，也会让你的工作更加轻松。说到底，你就算再像男人，你也不是男人，如果你仅仅用你的阳性能量和男性竞争，你就会格外辛苦，到了四十岁之后往往就会力不从心。但如果你学会让你的阴性能量和阳性能量一起呈现，你一定会因更强大的包容力和创造力而在竞争中稳稳立足。"

"如果我能像师娘您一样美，让人一看就想靠近的话，这阴性能量就已经值得我努力让它流动起来了。"林晓鸣挠挠头，"不过，怎么才能让阴性能量不被我压抑呢？她肯定比我强吧。"林晓鸣指向叶阑。

"是的，叶阑身上阴性能量展现得比较多。"孟晓灵笑道，"其实阴阳始终是在流转当中，要使二者保持在绝对平衡的状态，也是妄念。你需要做的，只是把你天性中本自具足的阴性能量唤醒，去享受作为一名女性的灵动、温暖和柔美，配合上你现在这么出色的自身条件，只怕没有哪个男人抵挡得住你的魅力呢！”孟晓灵微微前倾了身体，伸手轻拍了拍林晓鸣的腿，颇具深意地道：“那些该交还给男人的事情就统统放手吧，交还给他们，你会发现自己轻松了，你身边的伴侣也会更自在。”

“把你们俩的邮箱留给我，我会发邮件给你们，里面有12种能够发掘我们生命里女性能量的方法，你们可以选择其中适合自己的方法，加入日常的生活中，逐步让自己被禁锢的女性能量释放出来。”

傍晚林晓鸣到家的时候，孟晓灵的邮件已经发到了她的邮箱，她仔细阅读了12条建议[1]，决定每天至少去享受其中一项的内容。

1. 什么都不做，与自己待在一起，一边呼吸一边感觉身体内细微的感受。不看电视也不看书。

2. 选择喜欢的音乐，独自忘我地跳舞。一边深深地呼吸，一边感受舞动的身体，带着意识舞动你的身体。

3. 花时间在大自然中，比如做园艺、静坐、散步、在山中

---

1　此12条建议来自《成为完整而性感的女人》（李安妮著）。

或者海边运动。

4. 跟你感到自在的女人一起消磨时间，大笑并且做些让你们感到开心的事情。

5. 唱歌、跳舞、画画、写诗、玩音乐、做陶艺，用自己喜欢的素材进行艺术创作。

6. 练习瑜伽、打坐。

7. 做按摩。

8. 泡海盐热水澡、泡温泉。

9. 十一点前上床睡觉。

10. 跟小孩子欢乐地玩在一起。

11. 花时间慢慢地准备与享受美味的料理。

12. 忘我、疯狂地做爱。

## 14 / 完整的结局就是美好的开始

春节的时候，林晓鸣一个人去了澳大利亚。这次行程是她在和宋磊分手前就订好的，本来还有点儿担心自己一个人在国外觉得孤单，没想到这个假期过得反而格外自由和轻松。天天睡到自然醒，想去哪儿抬腿就走，想吃什么坐下就吃……十天的假期一晃而过，黄金海岸的阳光在林晓鸣白皙的肌肤表面留下了一层淡淡的褐色，每日的海鲜大餐和充足的睡眠让她胖了几斤，看起来整个人反而多了几分健康的气色。

回程的飞机上，林晓鸣一个人靠窗而坐。和往常一样，她落座五分钟之内，已经赶去和周公小聚了。一觉醒来路程已经过半，侧眼瞄了一下身旁，不知何时落座的男子，正在 iPad 上浏览照片。

林晓鸣决定去机舱里溜达一圈，活动活动腿脚，于是侧过头想判定一下男子的国籍，以决定用哪种语言和对方沟通。也许是感受到了身旁有了动静，男子也侧过头，看向了林晓鸣。两人目光对视了一下，林晓鸣露出了四颗白牙，微笑地说了句："抱歉，我想出去一下。"

在机舱活动了二十分钟，喝了两大杯水，林晓鸣溜达回自己的座位，折腾了一圈，人一下子清醒了睡不着，她干脆靠着自己的头枕，斜着眼看身旁男子 iPad 上的照片。

"这是滑翔伞吗？"看了一会儿，林晓鸣有些好奇地轻声问道。

男子转过头，看着林晓鸣点头称是。

"你自己飞啊！"林晓鸣看着 iPad 里正在播放的一段视频起了兴致，身体向左稍微凑了凑，想看得更仔细些，"哇，太厉害了。"

"我也才飞两年，就是个初级水平。"男子的声音里透出愉悦，但言语颇为谦虚，手里的 iPad 也向林晓鸣的方向转了转。

"你飞的这段景色可真不错，比我坐热气球看到的还漂亮！"林晓鸣看得兴起。

“你没尝试一下滑翔伞带飞吗？我觉得比热气球有意思。”

“没敢，觉得就那么悬在空中，没着没落太不安全了！”林晓鸣看向身边的男子，眼神有几分敬佩，伸出个大拇指道，“你居然能自己飞，厉害。”

“滑翔伞其实整体而言还是很安全的，在空中很少会出现危险。如果说有事故，90% 都是出现在起飞和降落的时候，所以也不会是要命的事情。找个有经验的飞行员带飞，他们的技术都特别厉害，起飞降落极其平稳，不会有问题的。”显然这个话题激起了男子的交谈欲，他一边说着，一边在 iPad 里翻找着他拍摄的滑翔伞带飞的照片，给林晓鸣做着解释。

“哇，还有女飞行员啊！”林晓鸣看着一张照片低声惊呼，“女孩儿也能自己飞呀！”

“当然了，不但有女飞行员，还有很多女孩子是飞特技的。”男子打开 iPad 里的另外一个文件夹，“这是我去年在瑞士拍的，你看这几把特技伞的飞行员都是女人。”

“这个看上去很瘦小嘛！”林晓鸣指着照片里的一个飞行员说道，“看来我的身材也有可能飞啊！”

“当然可以，”男子看着林晓鸣，“你感兴趣吗？你在哪个城市，我可以推荐那里的俱乐部给你呀！”

“北京。”

“我也在北京！”男子的声音有几分惊喜，一边自我介绍，一边伸出手，“我叫高朗，怎么称呼你呢？”

“林晓鸣。”林晓鸣回应地伸出手轻握了一下高朗的手。

两个人翻看着高朗拍摄的滑翔伞飞行照片和视频，作为滑翔伞的小白，林晓鸣时不时就冒出各式各样的问题，高朗不厌其烦地给她解释着，飞行时间倒也轻松度过了。待落地的时候，两人已经显得很是稔熟，彼此交换了微信和电话，相约春暖花开的时候去飞伞。

夏宇二月份的工作行程非常满，与林晓鸣的沟通基本上都是在微信上进行。澳大利亚的假期让林晓鸣身心都很放松，回国后的工作节奏也不算紧张，加之每日的练习，整个人的能量始终保持得很稳定。她开始学习跳肚皮舞，觉得这种热烈的舞蹈和她已经练习了一段时间的瑜伽刚好动静结合。所以当三月初夏宇在工作室见到林晓鸣的时候，夏宇明显感受到她的能量中透出了几分柔和。

“你的进度远超我的想象啊！”夏宇审视着林晓鸣，“看来，我们可以开始第二个阶段的工作了。”

“阶段？”夏宇之前从没和林晓鸣提过这个话题，她一时不明其意。

“你是因为亲密关系受挫才走进我的工作室的，改变你的亲密关系自然可以作为咱们工作的重点，并借由此全面看见你自己的生命。”夏宇解释道，“第一个阶段首先是要让你从旧有的感情伤痛中走出来，将你的焦点由外在逐渐调整到内在；而第二个阶段，我们会集中疗愈你生命中深层次阻碍亲密关系链接的伤痛；至于第三个阶段嘛，就要看你自己什么时候准备好进入新的恋情，我们在关系的进程中修正和成长啦！”

林晓鸣点点头，等待夏宇告知她如何开始第二阶段的工作。

“我们今天要做的工作，就是切断你和过往恋人的能量链接，和他们完整地告别。”

夏宇言简意赅的解释，听得林晓鸣一头雾水，“告别？分手这么长时间了，还没告别吗？那要怎么才算告别？”

“晓鸣，你现在想起宋磊的时候，内心有什么感受？”夏宇并没有急于回答林晓鸣的问题，而是提问道，“还有你之前的男朋友，此刻回想起来，你对他们、对你们的过往有怎样的感受？”

林晓鸣头靠在沙发背上，脑子里走马灯似地闪过几张面孔，然后坐直了身子说：“想起宋磊的时候有点儿别扭，就像电影刚看到半场突然就亮灯了一样，同时又觉得自己好像不该看这场电影；第一个男朋友，恨好像谈不上，但是心里总有无法原谅的感觉，还有一种愤怒，觉得自己被他骗了；第二个男朋友，对他很深很深的歉意，"林晓鸣说着低下了头，"每次我想起他，都觉得他是我这辈子亏欠最多的人。"

"可见，你和他们每个人都还有着无尽的能量纠缠。"夏宇带着一脸了然的表情，像是事先就猜到了答案一样，"只要这样的能量纠缠还存在，就会不断地在你的生命中创造出雷同的现实表现，特别是在你的恋情里，他们被再现的可能性最大。另外，这些能量也会占据你生命中属于未来伴侣的能量空间，如果你未来伴侣在你生命里没有容身之地，他即便出现了，也无法停留啊！"

听夏宇如此说，林晓鸣不由得回想了一下自己和身边朋友的恋爱经历，若有所思地说道："师父，好像还真是这么个状态——反复恋爱的人，要不就是找来找去其实找的人都差不多，要不就是现任的优点就是前任的缺点，结果处一段时间，又发现了现任新的缺点，到头来换了一圈人哪个都不满意。这些是不是都是和前任的能量没有理清造成的？"

"不错，这些都是能量纠缠的表现，"夏宇赞同道，"我们和这个世界中每个人最恰当的能量链接方式就是心与心之间无条件的爱的链接，当我们身处这种链接状态时，能够给予每个人祝福和慈悲的爱；如果无法做到这种状态，我们也可以选择断开与这个人的链接，在这种状态下，回想起这个人，我们应该是平静而了无牵挂的。”

“那究竟要怎么做呢？”尽管知道夏宇很快就会告诉自己，林晓鸣还是迫不及待地问道。

“首先，我们要在意识层面转换对于过往恋情的认知，让我们更完整、更全面地看见过往恋情的实相；其次，我们需要在能量层面做切断能量链接的冥想；最后，还需要你自己用一个仪式，彻底地与过往恋情做完整的告别。”

“这么复杂！”林晓鸣一脸惊讶。

“想想你的每一段恋爱，开始的时候是不是总是很多的浪漫、惊喜和仪式感？”夏宇笑道，“我们总是习惯隆重开场、草草收尾，却不知完整的结局本身就寓意着美好的开始！”

# 15 / 宽恕是记得生命中的一切，但心里不再有苦

“我们先从你的第一段情感开始转换吧，看得出这是你付出最多，也是受伤最大的一段感情，你刚刚用了‘无法原谅’‘愤怒’‘被欺骗’这些词语来描述这段情感给你的感受，对吗？”见林晓鸣点头确认了，夏宇接着说道，“晓鸣，我现在邀请你生命中那位成年、有爱的、充满智慧的女性来回答我下面的问题：‘在你的第一段感情中，你的男朋友是不是始终都在欺骗你？’”

林晓鸣自然听得出来，夏宇的语气着重在“始终”两字上，她沉思了一下回答道：“始终肯定谈不上，主要就是最后几年在他所谓的创业上，他欺瞒了我很多，还有就是他明明移情了，却指责是我无法坚持感情。在我们刚开始的感情阶段，还是很

单纯的爱恋关系，他对我也很是宠爱，我也曾经感受到他以我是他的女朋友为荣过。”林晓鸣说话间，十年前的点滴记忆开始在她眼前浮现，那些早已被她尘封的美好过往，让她有些失神，渐渐止住了话语。

夏宇感受着林晓鸣的能量变化，片刻之后他沉声问道：“你看见了些什么，可以和我分享一下吗？”

“都是琐碎的画面，他站在我宿舍楼下抬头叫我的笑脸，还有我们在外滩上牵手闲逛，我们逛街回学校的时候，他抱我坐在他的膝盖上……”林晓鸣淡然地笑了，“我还以为我都忘了。”

夏宇点点头，语气平静地提出了第二个问题：“在你的第一段感情中，你是否在欺骗你自己？”

显然夏宇这个问题令林晓鸣有点儿意外，她愣了片刻，最终叹了口气，声音里充满无奈：“是啊！不靠自己欺骗自己，又是怎么耗过最后几年的呢？不知情的人看起来我们一切都好，只是两人身处两地而已，实际上我们除了人没分开，心早已背离彼此了。”林晓鸣苦笑了一下，“装得太爱了，连自己都被自己骗了。”

夏宇并没有急于评论林晓鸣的感受，而是紧接着提出了第三个问题：“你因为他对你的欺骗而感到愤怒，那此刻，你是否因为自己对自己的欺骗，而对自己心存愤怒呢？”

林晓鸣垂下了眼帘，静默了许久，缓缓点了点头，“有的，刚刚分开的时候，我曾经有很长一段时间特别生自己的气，但在当时我只是气自己为什么相信他的话，但现在想想，如果我不是一直骗自己，又怎么会相信他呢？”

“晓鸣，现在你可以看到，你用来指责他、攻击他的言语和情绪，其内在的动力来源于你对自己的指责和攻击。但通常这部分感受是我们不愿去面对的，因此就被深深地压抑在潜意识里。可是这么巨大的能量，又怎么可能甘于被隐藏呢？于是在我们的头脑意识中，就以攻击他人的方式投射出来。所以，”夏宇语重心长地说，“所谓的宽恕，大部分的时候并不针对他人，而是需要针对我们自己。如果我们能放过自己，也就没有什么需要原谅的别人了。”

“那究竟怎样才算宽恕呢？无论对自己，还是对我的前任，我需要做什么呢？”林晓鸣有点儿不太确定，“是不是我把这些事情都忘记了，就等于我宽恕了呢？”

“那是遗忘，而非宽恕。”夏宇看着林晓鸣一字一句地说，“宽恕就是你记得生命中发生的一切，但不再有痛苦在心里。接纳已经发生的事情，因为那是无法改变的，告诉自己‘我在那段感情中，曾经不断欺骗自己这是我应该坚守的爱，并因此消耗了青春和金钱’。这是事实，就让自己看见，然后不带情绪地去做应该做的事情——拥抱对方或者远离对方，都可以。但是记得是在那个当下最适当的行为，而不是带着仇恨或者愤怒去报复对方的行为。”

“但是，还是会生气啊！”林晓鸣有点儿绝望，“就算我现在想明白了是我自己欺骗自己，才会有那样一个结局，我对前任的愤怒一下子就转化成对自己的愤怒了，现在特别难受。”

夏宇完全能够感受到林晓鸣此刻内心的波动，他略思考了一下：“我们来练习一套情绪敲击技术吧！可以帮助你释放情绪。”

“敲击技术？”林晓鸣一时不太明白夏宇所指为何。

“这套五行敲击技术[2]的创始人是整体医学博士罗伊·马丁纳，他将中国五行及中医的经络相结合，配合正向肯定的语句，可以快速地平衡内在的情绪能量冲突。”夏宇拿出一张纸，在上面边画边讲解道：“五行即金、木、水、火、土，它们之间是相生相克的关系，也就是火生土、土生金、金生水、水生木、木

---

2 《改变，从心开始》（罗伊·马丁纳著）中对敲击技术有详细的解释，这里讲解的五行敲击是其中的一种使用方式。

生火，以及火克金、土克水、金克木、水克火、木克土。而中医的十四条最重要的经络，每条都有其五行特性，同时也与我们的某一种情绪紧密相关。马丁纳博士选择了五个分别代表金、木、水、火、土的经络窍穴进行敲击（如下图），其中属性为火的窍穴点在小肠经，它主导的是情绪的压力，可以带我们感受到爱与接纳；属性为土的窍穴点在脾经，它主导的情绪是低自尊和不配得，可以带我们感受到值得感和配得感；属性为金的窍穴点在肺经，它主导的情绪是难以放下的伤痛，可以带我们感受到全然地放下过去；属性为水的窍穴点在肾经，它主导的情绪是恐惧，可以带我们感受到勇气；属性为木的窍穴点在肝经，它主导的情绪是愤怒和嫉妒，可以带我们感受到宽恕和平静。我们在敲击的同时，配合与窍穴点相关的情绪能量的引导

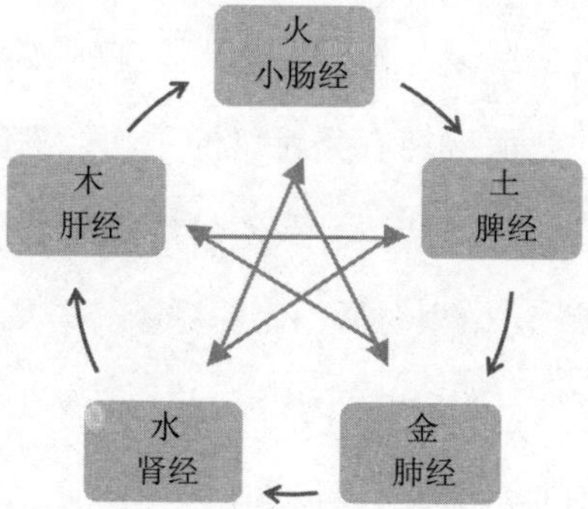

语，会呈现巨大的疗愈效果。越是带着内在的情绪感受，特别是进入激发情绪的状态中做这个练习，效果就会越好。”

“第一个动作是敲击我们的小肠经窍穴，这个穴位位于手掌小拇指根部外侧，你可以这样拳掌敲击，”只见夏宇一手握拳，一手为掌，不停地相互敲击，并时不时交换着左右手拳掌的招式，“敲击的同时说‘我爱并接纳自己，即使我此刻因为过往恋情中自己欺骗自己而愤怒；我仍然爱并接纳自己，即使我已经完全不被过往恋情困扰，心中没有任何伤心和苦痛。现在我选择宽恕过往恋情的一切，我是一个生活的勇士，值得成为最棒版本的自己’。敲击结束的时候做深呼吸。”

“第二个动作是敲击脾经的窍穴点，位置在我们的左腋下垂直向下，与我们胸前乳头的延长线的交汇处，用右手握空拳轻击即可。”夏宇抬起自己的左臂，将敲击位置展示给林晓鸣，“现在跟着我说‘我值得爱与被爱，值得真正地接纳并爱自己。我值得拥有力量，我值得拥有我愿望的一切，我值得拥有轻松喜悦并不断令自己成长的恋情。我对已经拥有的一切感恩，我对即将到来的感恩’。结束时做一个深呼吸。”

“第三个动作是敲击肺经的窍穴点，位置在我们大拇指指甲下边缘，靠近虎口方向的内侧位置，可以两个大拇指上下敲击，”

夏宇伸出自己的两个大拇指，侧向相互敲击，“同时跟着我说‘我放下过去，放下一切令我痛苦和愤怒的想法和信念。我放下一切限制我改变的思想和编程，我放下一切不再服务于我的人生的事物，我放下一切固执己见的僵化。我选择喜悦、优雅、轻松的生活，并享受我的人生’。结束时做一个深呼吸。”

“第四个动作是敲击肾经的窍穴点，位置在我们锁骨下方的凹陷处，”夏宇右手大拇指和食指分开，分别敲击着紧贴颈下锁骨端头的位置，“同时说‘我有勇气宽恕和接纳过往恋情中的一切欺骗、愤怒和不能原谅，我有勇气做需要做的，我有勇气面对艰难的事情，并面对任何挑战。我有勇气成为最棒的自己，学习爱与被爱。我是勇敢的，虽然我感受到恐惧，但我仍然做我需要做的，恐惧无法让我停下，我是不可阻挡的’。然后深呼吸。”

“第五个动作是敲击我们的肝经窍穴点，位置在我们右侧肝区肋骨边缘处，”夏宇右手握空拳，轻轻敲击着右下方肋骨边缘的位置，同时微微转身，以便让林晓鸣更清楚地看到敲击点，“敲击的时候说‘我宽恕自己对自己的欺骗，宽恕自己对自己充满愤怒。我宽恕自己不相信自己，宽恕自己感到害怕而没能采取任何行动，也宽恕一切引发我内在愤怒和伤心的人和事。现在我选择回到平静中，带着轻松喜悦与感恩’。然后做一个深呼吸。”

“最后一个动作，是做整合，让我们的头脑和心同时认同我们所渴望达到的状态，”说话间，夏宇将右手抬起至头顶的位置，向着头顶中央的百会穴的位置轻扇了两下，随后又将右手移至胸前，对着胸口的位置轻扇了两下，并保持着这样上下位置的移动，“同时说任何你希望自己达到的正向语言，‘我是爱，我充满勇气和力量，我已经完全放下所有拉扯我的、阻碍我的负面的信念、思想，带着轻松喜悦和感恩，创造我所希望的生活。我是健康的，我是快乐的，我是幸福的，我是成功的，我是富足的’。最后，再来一个深长的呼吸。”

林晓鸣跟随着夏宇的动作一一敲击下来，顿时觉得心里轻盈了许多，夏宇鼓励她继续敲击，直到完全感受不到内心的愤怒为止。林晓鸣又做了两遍五行敲击，想起和第一个男朋友的种种，内心居然再无波澜。

见林晓鸣已经掌握五行敲击技术，夏宇补充道：“这套技术，你可以每天早上起来就敲一遍，如果没有特别的情绪，可以仅使用各个窍穴点所引导我们体会到的正向情绪作为引导语，替代刚才在练习里我们用来描述你所面临的情感问题的语言，会帮助你提振你的能量，以更饱满的状态开始一天的生活。如果遇到情绪困扰的时候，你可以在前面五个窍穴敲击时，把刚才那些和情感有关的话语，换成你当时所面临的问题，一直敲击到情绪消散为止。五行敲击技术不但能够帮助你快速平复情绪本身，还可以在一定程度上清理情绪背后的伤痛。”

“好的。”林晓鸣一边做着笔记一边点头回应夏宇。

“第六步整合的时候不需要再加上你的情绪，只需要说那些正向的语言就足够了。”夏宇补充道，“坚持敲击一百天，你会发现生活大不同。”

## 16 / 把属于别人的责任归还他人

“晓鸣，准备好开始关于你第二段恋情的转换了吗？”见林晓鸣已经停笔，夏宇继续工作的进程，“通过我们刚才转化你的第一段恋情，你对第二段恋情的认知有什么改变吗？”

“也是需要宽恕自己吧。”林晓鸣思索了一下，“我一直觉得很愧疚，但需要接纳的事实就是我对他的伤害已经造成了，看看还能做点儿什么弥补……师父，”林晓鸣的声音又苦恼了，“我怎么觉得这么说话就像给自己开脱一样，何况我现在其实什么也做不了，人家都结婚生子了，难不成我跑过去问他，有什么我可以为你做的，可以让我觉得心里好受点儿。”

夏宇微笑着轻轻摇了摇头，“我刚刚才说过，宽恕是心中无苦——既没有因为别人带来的痛苦，也没有自己创造的痛苦。宽恕需要做的事情，不是心怀仇恨的报复，也不是心存愧疚的弥补。”夏宇停顿了一下，继续道：“你的愧疚来自于你认为自己对他的伤害。我给你两个问题，你可以思考一下：你们两人的恋爱关系，是你单方面的决定吗？他是否因你们的相恋而感受过幸福或者快乐呢？”

随着夏宇的提问，林晓鸣先摇头，再点头。夏宇的话音刚落，她便答道：“当时也是他追求我的，我们刚在一起的时候，他肯定是幸福的，否则我选择离开的时候，他也不至于那么痛苦。”

“如果他没有那么痛苦，你的愧疚感会少一些吗？”

“肯定会少一些吧。”林晓鸣话一出口，已经觉察到哪里不对了，“如果这是属于我的情绪，为什么会跟随他痛苦程度的变化而增减呢？”

夏宇笑而不语，眼神中尽是鼓励，让林晓鸣继续思考下去。

“您刚才提到我把对自己的愤怒投射到我第一任男朋友的身上，那在和我第二任男朋友的相处当中，我会不会是承接了来自于他的投射？”

“没错，”夏宇给了林晓鸣肯定的答复，“不过，他人对你进行投射，还需要你内在的能量与之共振，才可能呈现出你愧疚的情绪。而你的内在恰恰有强大的、要求自己符合完美形象的信念，于是对方痛苦的投射，就幻化为你的愧疚，觉得他的痛苦都是因你而来。”

“每一段亲密关系，只要不是迫于暴力的威胁，都是基于双方的意愿而形成，因此两人对这段关系都应该承担相应的责任。我们决定开始一段关系的时候，就应该知道这段关系必然面对终结，无论是主动还是被动。所以当面对分离的时候，我们要能意识到是自己的选择创造了现在的结局。对你而言如此，对他而言也是如此。我们在强调承担自己责任的同时，也要把属于他人的责任归还给他人。”停顿了一下，夏宇打趣道，“《国际歌》里不是有这么一句‘从来就没有什么救世主’，所以晓鸣，千万别企图去当别人的救世主哦。”

“嗯，”林晓鸣点点头，“您说得对，我就是老想自己能够做得完美，希望我永远都能对得起别人。以前我觉得这是我的优点，不过现在看起来，”林晓鸣喘了口大气，无可奈何地说，“这是病，要治！”

夏宇被林晓鸣的话逗得哈哈大笑。“这个病，我们先放放，以后找时间专门来治。不过，”夏宇收敛了笑容，正色道，“你能告诉我，在你的第二段恋情当中，你要承担的责任到底是什么？”

“混淆了喜欢和爱，草率地进入感情，或者说，我完全是出于逃避第一段感情结束的痛苦而进入了第二段感情。”林晓鸣坦诚地看着夏宇，“我接纳这个已经发生的事实，也会为自己的草率向他道歉，而我最应该去做的其实是要好好考虑一下，我为何而爱！”

对于林晓鸣的回答，夏宇给予了赞许和肯定，并补充道：“还有一点你需要去做的，就是把你最真挚的祝福给到你曾经的这位男朋友，就像你在给予自己祝福一样。”

林晓鸣郑重地点了点头，觉得自己充满了力量。

“那现在说说你和宋磊的恋情，你认为该如何转化呢？”夏宇像是在考林晓鸣一样问道。

“我仔细体会了一下，关于和宋磊的感情，我内心最大的感受是后悔，后悔自己会去尝试所谓不要结果的爱情，但同时我始终都觉得自己对他很好，他应该为我改变，所以对他最后的离开，我很生气。”林晓鸣回忆了一下夏宇引导她进行的前两段感情的转化，尝试地分析道，“我对于他的生气，认为他是一个对感情不负责任的人，而实际上我是内在对自己很生气，气我对自己感情的不负责任，而我把这部分无法原谅自己的情绪投射到了宋磊身上。所以，我需要宽恕我自己当年的草率，也需要接纳我和他曾经相恋但现在已经分开的事实。”

“不错，”夏宇微微颔首，“如果我们进一步思考一下，与宋磊的恋情，你收获到了什么？”

“首先是快乐的体验吧。”林晓鸣微仰着头，目光投向屋顶对面的位置，边想边说，“和他在一起的时候，是我很绝望的时候，不知道该以什么样的态度面对感情和生活。宋磊不考虑未来就享受眼前快乐的情感态度，的确是让我体会到很多简单的幸福，也帮助我逐步走出了感情的低谷，还有就是让我看清了自己，我始终是一个需要爱与被爱的人。”林晓鸣收回了目光，看向了夏宇，“师父，刚才这一瞬间，我还有种觉察，尽管看起来接受爱的人更轻松和幸运，对我而言，付出爱却会让我更快乐。”

“的确，付出爱的人应该会比单纯地接受爱的人更幸福。”夏宇回应道，“但在现实生活当中，我们看到的常常是付出多的人往往会觉得自己更受伤，你觉得是为什么呢？”见林晓鸣欲张嘴回答问题，夏宇抬手做了个制止的动作，“不用着急给我答案，这个问题我们稍后再来讨论，现在先继续我们对于你过去恋情的工作吧。”

夏宇喝了口水，放下杯子继续道：“你现在再来回想一下你过往这三段恋情，你的感受有怎样的变化吗？”

林晓鸣再次把头仰靠在沙发背上，很认真地想了一会儿，坐直了身体看着夏宇说：“对于和宋磊的感情，最多的感受是感谢，很谢谢他能陪我走过这一程；想起第一个男朋友很平静，希望他现在能好吧；至于第二个男朋友，知道他现在很幸福，心里有很多的祝福给他。”

# 17 / 切断过去的链接

“非常好！”夏宇赞赏地点了点头，“你头脑转化的能力的确很强，那我们现在从你的潜意识层面来切断你和前男友们隐藏的不必要的能量链接吧！我会带你做一次冥想，这次与之前所做过的冥想唯一不同的是，我会在前半段加入一个意图设定的流程，到时候会引导你做眼球上翻的动作，你就闭着眼睛尽量地向上看。这个动作会改变我们的脑波，让所设置的意图被我们的潜意识更好地接纳。第一次做可能有点儿不舒服，慢慢就会习惯了。”

林晓鸣点点头，她这段时间经常练习内在小孩的疗愈冥想，已经非常喜欢和享受冥想的过程了。不知道今天夏宇会带领她进入怎样一种状态，林晓鸣很是期待。

“晓鸣，如果你准备好，请闭上双眼，做几个深长的呼吸，”夏宇的声音沉缓而充满磁性，“让你的身体舒服、放松，将注意力关注在你的呼吸上，感受气息如何擦过你的鼻腔进入你的身体。保持好呼吸的节奏，缓慢地呼气，再缓慢地吸气……每一次，都将呼吸带入你的下丹田，你可以把你的手放在下丹田的位置，右手在下左手在上，这是女性和下丹田链接的方式[3]，你可以感受到下丹田正在随着你的呼吸下陷、鼓起。

“现在，请感受能量从你的下丹田一直向下，经由你的双脚，一直注入大地。通过这样的方式，你可以和大地母亲链接，你的双脚像生长出根一样，深深扎入大地，身体中所有不能服务于你生命的压力、情绪、疾病，经由你的脊柱、双腿，流至双脚，再从双脚的根进入大地母亲的核心。每一次呼气的时候，都持续将这些不好的能量排出身体。每一次吸气，都会给身体带进更多的氧气和空间，并在呼吸间，经由血液的流转，带到整个身体。

“想象有一道来自宇宙天际的金色光柱进入你的身体，并

3 男性与下丹田链接的方式是左手在下，右手在上。

流经你的全身，最后通过双脚进入大地。请感受到，这道金色的光柱也像是一条金线一样，向上轻拉着你的身体，让你的身体更加挺直，仿佛悬浮在空中一样。这使得你的呼吸更加深长、柔和而缓慢，你能够感到你的胸部因为深度的腹式呼吸而不断膨胀。你已经让自己的身体充分地准备好进入后面的旅程。

"现在，请将注意力放到这段旅程上——眼睛向上、向后翻，就像要从你的内在看向你的后脑一样，然后请静默地在内心跟随我重复下面的话：'即使我不知道如何切断与过去的，甚至前世的情感、姻缘的链接，但我知道，我已经在如此行动了；即使我不知道如何愉快地从过往的情感中获取经验教训，但我知道一切已经如此发生了。我删除、删除、删除，所有阻碍我的编程，我下载、下载、下载，一切我所需要的，并且充满感恩。一切已经如此，也将如此，或将更好！谢谢，谢谢，谢谢！'现在，请放松你的眼球。

"现在，想象自己在空中轻轻地飘浮着，即将随着你的意识开始旅行到一个非常疗愈的境地，那会是一个非常美丽的、自然的环境，能够让你感受到自己是安全的、被保护着的，并让你始终感受到周围充满着爱。当我从一数到三，请允许更高的智慧引导你来到这个地方。一、二、三，你已经在这里了。周围如此美丽，做一个深呼吸，把周围的这些美吸入进来。注意到自然的声音，注意到周围飘着淡淡的清香，注意到你身体内平静祥和的感觉——你已经来到属于你的安全之地，在这里大地母亲用她的美，用她的爱，呵护着你、保护着你、滋养着你、爱着你。

“现在，你注意到这里有一潭清澈的池水，行至水边，你用自己的手指轻触池水，感受到温度如此舒适，你知道这潭疗愈之水始终在这里等待着你。当你潜入池水，你会感受到自己被水托浮着，漂向能够彻底疗愈你情感之伤的地方。在你跳入池潭的一刹那，所有过往情感的痛苦、烦恼都会离你而去，而疗愈之地则会将过往情感中需要学习到的经验、教训转化为智慧，融入你的生命里。

“你深深地吸一口气，随后扎入水潭中，你一直向下潜水，直至进入那完美的疗愈之地。一、二、三，你以身处于此，在这里，你可以畅快而自由地呼吸。注意你所处的环境，是白天还是黑夜？你是在室内还是室外？你是独自一人还是与他人为伴？注意一下你所看到的就好。

“看看周围，你能够看到那些曾经让你非常熟悉、非常亲近的人，来到你认为最有吸引力、最有趣的那个人面前，带着心中深深的爱，你询问他：‘你为何会到我的生命里来？你有什么礼物要带给我，或者有什么课程让我学习？’让这些答案像泡泡一样自然地冒出来，你充满感恩地接受所有的讯息，你可以用任何让你自在的方式和他直接对话。这些交流可以通过声音、光、图像，用你所需的方式和渠道，接受所有的讯息。深深地吸气，下载具有疗愈作用的讯息到你的基因里，并由衷地感谢这个人。

“现在，你注意到周围有很多美丽的水晶体，注意到它们的颜色。允许水晶的疗愈能量流入你的心田，让所有悲伤、痛苦的感觉流出你的身体。疗愈的能量进入你的身体，流进你的肝脏、脾脏，水晶的能量将清理、删除你体内所有不值得、不被爱的编程，以及所有愤怒的编程，让它们全部离开你的身体，这些情感的毒素再也无法随心所欲地掌控你。疗愈的能量带给你平和、自我的价值以及无尽的爱，让你感受到自我的重生，身体内的所有细胞都被疗愈着，你身体内外的空间都被这股疗愈之光充满。太棒了！

“现在，请将你的注意力带到一个角落里，注意到这里需要更多的疗愈。全然地进入这个空间，这里将是你与你过往的所有情感彻底告别的空间。你会注意到，有一个数字 8，横向摆放着在这个空间中。邀请其中一位你需要切断链接的前任进入8的一端的圆圈中，而你进入另外一端，你们面对面注视着彼此。注意到你们之间在身体不同的能量中心有散乱的能量交换，在哪里链接最强呢？链接有怎样的形式，或者有什么颜色吗？注意到这一切。

"现在，呼唤着宇宙间最擅于切断不必要的能量链接的生灵来到这里，他手持光之剑，当我数到三，他会用这光之剑将一切链接切断。一、二、三，请呼气……注意到此刻只有爱的能量在心和心之间交流。请在内心静默地重复：'我拿回我的力量，我也把你的力量还给你。我拿回我的自由，我也把你的自由还给你。我把一切属于我的拿回来，也把一切属于你的还给你。让过去留在过去，唯有爱链接我们彼此。我祝福你一如我祝福我自己'。做一个深长的呼吸。

"现在，允许他自由地飘到宇宙当中，去到属于他的空间和地方。在你的内心说：'我爱你，对不起，请原谅，谢谢你！'

"如果你需要，可以依次邀请第二位、第三位前任，进入8字空间，逐一完成彼此能量链接的切断，允许他们自由地飘走。

"现在，回到你疗愈空间的正中央，在此所有白色的疗愈之光照射着你，你沐浴其中。让疗愈之光冲洗、清理你所有需要疗愈的地方，并感受自己的振频不断提升，以至最高。随着你的呼吸，所有的光经由你的皮肤进入你的细胞之中，此刻你全身向外辐射着爱的振频，你已经成为光的管道，何时何地都会如此，并且越来越强。让你自己呼吸着爱之光，轻柔和缓地回到当下，带着所有疗愈的能量，并看见它照亮你的未来，那属于你的快乐的、充满价值感的、值得被爱的未来。

"现在，脸上浮现最灿烂的微笑，回到当下。呼吸到你的心，呼吸到你的下丹田，然后呼出到地球的中心。现在你可以慢慢地睁开眼睛，回到当下。"

夏宇停止了引导，注视着林晓鸣。片刻后，只见她长长地呼出一口气，慢慢地睁开了眼睛。

"欢迎回来。"夏宇摊开双手做欢迎状，"怎么样？分享一下你的感受吧。"

"很美好，"林晓鸣眼睛亮晶晶的，"感受到很多光、很多爱，有一种始终被温暖包围着的感觉。您让我询问那些曾经与我亲近的人为什么会来到我的生命里，我的初恋告诉我，他想要让我学会说'不'；而我的第二任男友告诉我，他想让我知道我始终是被这世界的一部分爱着的；而宋磊说他希望我知道我是有爱的能力和力量的。"林晓鸣的眼睛里有一层淡淡的雾气，"当时我心里好感动，现在想起来，还依然能感受到他们的真诚。”

“这些的确都是重要的功课，很高兴此刻你能真正收获过往恋情的意义，”夏宇眼里带着笑意，“所以说人想尽快成长，最简单的办法就是开始创业，或者进入一段亲密关系当中。只要你在其中用心体会，就一定能够在最短的时间里有最大的收获。”

林晓鸣点点头，继续说道：“后来切断链接的观想都还挺顺利的，唯一困惑我的是，当我第一次和初恋男友切断链接，目送他飘走的时候，我的内心不知为何有些伤感，您说这是为什么呢？”林晓鸣歪着头，有些迟疑地问，“难道说我还舍不得他吗？还是我并没有真正想与他断开链接呢？”

夏宇报以了然一笑。“这很正常，人在真正放下的时候，内心难免会有一些忧伤，会有一个声音说‘真的要放下吗？我还没有准备好！’”夏宇故意掐着嗓子，模仿着女孩子的声音说道，逗得林晓鸣扑哧一下笑出声来，随后夏宁正色道，“作为人，我们总是有七情六欲的。即便我们对所有的负面情绪防微杜渐，它们依然会时不时光临我们的生命，所以要学会欢迎我们的情绪。就像你刚刚经历的伤感，也是一种很美丽的情感啊！说明你真正投入地爱过，珍视过这个人。欢迎它就好了。”

# 18 / 告别的仪式

夏宇给林晓鸣留的家庭作业是要以面谈或者书信的方式，完成与前任们最终的告别仪式。她斟酌了两天，最终决定以书信的形式与前两任男友告别。而对于宋磊，林晓鸣选择了面谈。毕竟两人分开时间不长，彼此之间也的确缺少一次正式的谈话。

林晓鸣将宋磊的联系方式从微信和电话的黑名单中“解放”出来，发了一个打招呼的表情过去。也就几秒钟的时间，宋磊的电话就打了过来，林晓鸣听得出声音里颇有几分惊喜。两人彼此简短地问候了一下，约好了周六下午三点半在798老地方见。挂上电话的时候，林晓鸣长出了一口气，突然意识到刚刚通话的时候，自己居然有几分小紧张。

周六上午的时候，林晓鸣特地把上周的学习笔记拿出来温习了一遍。夏宇要求的最后告别包含五部分内容：向对方表达对过往情感的遗憾或者不满，自己对于这段情感的歉意，过往情感中美好或者值得感恩的地方，给予对方的祝福，以及小小的告别仪式（如果以写信的形式告别，则仪式最后烧掉信笺）。林晓鸣根据要求，构想了和宋磊交流的内容，并在手机的备忘录上简要地列明了重点，生怕自己交谈的时候有所遗忘。

林晓鸣到达咖啡厅的时间尚早，她径直走向从前他们俩最喜欢的靠窗位置上。从这里正好可以看见主街上的风光，初春明媚的阳光里，来往的人群看起来已有些熙熙攘攘的热闹。

宋磊走进咖啡厅，一眼就看到了坐在窗边的林晓鸣。春日的暖阳洒在她的身上，涂抹上一层迷人的淡金色，令她的面庞看起来格外柔和，与宋磊印象里爽朗中透着坚定的林晓鸣多了几分不同的味道。

“哈喽，好久不见！”

听闻宋磊的招呼声，林晓鸣收回了投向窗外的目光，扭头转向刚刚落座的宋磊，说了一声“嗨”。近三个月没见，让两人之间有了一种局促感，打完招呼，一时不知该说点儿什么。

“喝什么，老样子？”林晓鸣打破了沉默，见宋磊点头，随即招手叫服务员送了一杯美式咖啡过来。

“最近过得怎样，忙不忙？”宋磊注视着眼前的林晓鸣，不是错觉，面前的女人的确发生了变化，但具体是什么，一时也说不上来。

“目前还好。”林晓鸣顺手搅了搅自己面前的咖啡，“你也知道，市场好的时候我就轻松些。你呢，最近怎么样？”

“老样子，画画、睡觉，混日子呗！”宋磊的话带着点儿自嘲的味道。

“宋磊，我今天约你出来，就是想当面把咱俩的事情说一下。”林晓鸣望向宋磊，引出了正题，“首先我想说对不起！最后一次去你家收拾东西的时候，剪碎了你的衣服，还有就是去年底在国贸遇见你的时候，说了很多过激的话，特别是对你女朋友说的那些话，麻烦你代我向她道个歉。”

“无所谓的事儿，”宋磊挥了挥手，不在意地说，“那些衣服都是你花钱买的，你当然有权利决定怎么处理它们；至于你所说的女朋友，我们已经分手了。”

“啊？！”林晓鸣有些惊讶，“不会是因为我说的那些话引起的误会吧！”

宋磊的脸上挂着一抹漫不经心的笑容：“你说的也都是实话

啊！除了语气冲了点儿，火气大了点儿，其他没毛病。”见林晓鸣一脸的歉意，宋磊略向前倾了倾身体，加重了语气，“晓鸣，真的没事儿，有没有你说的那些话，我和她时间都长不了，和你没关系。”

林晓鸣轻轻点了点头，都是已经发生的事，她再歉疚也没有更多的意义，更何况宋磊的生活也不是她所能干涉的，她该做的就是梳理清楚他俩的过往，完成对这段情感的告别。

“我知道你不在意，但我依然很抱歉，我当时会发那么大的脾气，并不仅仅因为你喜欢上其他人，更是因为在我自己的潜意识里，我始终觉得我们之间我付出的更多，你应该感谢我、爱我、忠诚于我。但其实我们在一起的时候，你从来没有要求我做什么，甚至包容了我很多擅自主张的改变，所以，请原谅我曾经的自以为是。”林晓鸣的语气柔和而平静，目光诚挚地看着宋磊，“另外一件让我极其在意的事情，就是你当时说我是你的‘朋友’，而没有承认我曾是你的‘女朋友’。咱们俩在一起的时候，一直是‘半地下’的状态，除了身边最好的朋友，对外一直呈现的都是单身的状态。我知道这是我们开始时就说好的，但随着咱们相处的时间越来越长，我的心态逐渐恢复到了渴望正常交往的恋情状态，可我从没和你谈过这件事，只是在心里怨恨，觉得你没有给我应有的尊重。所以，请原谅我的不善沟通。”

宋磊完全没料到今天见面的情节会是这样，他以为需要一而再、再而三道歉的人是自己。眼前这个女人还是那个曾经和他一起生活过一年半的人吗？那个永远正确，即便错了也只能撒娇绝不认错的林晓鸣吗？他难以置信地看着眼前的林晓鸣，好一会儿才回过神，低声道：“晓鸣，你像是变了一个人。”

“是呀，我自己也觉得变化很大。不过这还真是托了你的福呢！”

林晓鸣露出一个爽朗的笑容，得意地眨了眨眼，这个小表情让宋磊觉得他熟悉的人又回来了，不由得笑道：“刚才我差点儿以为坐在我面前的是你的孪生姐妹，长得虽然像，但说话、神情根本不是一个人。”

“没那么夸张吧！”林晓鸣玩笑似的白了宋磊一眼，随后端起杯子喝了口咖啡，就势将咖啡杯捧在手里捂着，接着道，“宋磊，我还想说的是，谢谢你过去一年半的陪伴，让我走过了人生最痛苦、最低落的时期，也让我明白了自己的内心一直都有爱和被爱的渴望。和你在一起的时间里有很多快乐，现在想起来也很美好。”林晓鸣的脸上浮现出一个温暖的笑容，放缓了语速，“唯一的遗憾就是当时的我既没有能力改变我们的状态，也没有勇气离开这段关系，如果那样持续下去，我们最后一定是彼此怨恨地分开。但你的果断离开，让那些美好都停留在我的记忆里，也给了我开始新生活的可能，所以最后我要说的是，谢谢你的离开，也祝福你能真正享受你的自由！”

林晓鸣的感谢像是一道光照进了宋磊的胸腔，碰触到了他内心从未示人的柔软，他下意识地垂下了双眼，生怕林晓鸣看见他眼中蒙上了雾气。片刻工夫，宋磊长出了口气，抬眼望向林晓鸣，声音略有些沙哑地说道：“晓鸣，我不值得你感谢，我很抱歉我用这么仓促的方式逃出我们的关系。当时的我，已经越来越沉浸在你带来的安逸里，我没有创作的欲望，也没有创作的灵感，我觉得我可能再也画不出什么了。但如果我不能画画，我不知道我还能干什么。”宋磊低下头，双手插进头发里，声音因此也更加沉闷，“以前我觉得就算你是个成功的经理人，我好歹也是个画家，可我一旦画不出来了，我还有什么资格站在你身旁。你越是全力以赴地爱着，我越觉得自己像一个男宠。我没有勇气承认你是我的女朋友，是因为我觉得自己根本不配做你的男朋友……”宋磊的声音有点儿呜咽，慢慢低了下去。

宋磊的话让林晓鸣有些动容，她从没想过在宋磊玩世不恭的艺术傲骨之下有这样一颗敏感而卑微的心，在他逃出他们这段关系之前，经历了如此的挣扎和沮丧，自己却全然不知。原来宋磊的内心与她三个月前理解的背叛、抛弃竟有如此巨大的差异，不由得对于“每个人的感受都是自我内在的体验，与事情无关”有了更深的理解。

“那你，最近又有灵感了吗？”林晓鸣试探性地问道，试图化解宋磊的低落。

宋磊再抬起头时，已经调整了情绪，脸上又挂上了惯有的漫不经心的笑容：“你不知道失恋是艺术家创作的源泉吗？世界上多少伟大的作品，都是在失恋后诞生的，所以我迄今为止最伟大的作品也快能面市了。“

“失恋？”林晓鸣啼笑皆非，“失恋的人是我好不好。”

“晓鸣，你是我认识的最积极、热情的人，即使到现在，我也依然被你深深吸引着，只是你想要的生活我给不了。我是个从来不想未来的人，所以我不知道如何给予你渴望的未来。我和你是两个世界的人，如果当时不是你在情伤里，恐怕我和你终身都没可能有交集。所以，去找属于你的温暖吧，你值得被更好的人关爱。”宋磊收了笑容，以前所未有的郑重的语气说道，“如果可以，希望你能做我的朋友，让我能一直看见你的消息，知道你一切都好，这对我已经足够了。”

“好，”林晓鸣莞尔一笑，“等你成了世界知名的大画家的时候，记得还有我这么一个朋友哈！另外，”她拖长了声音，“你可还欠我一幅画呢，最好写个欠条，省得你以后不认账。”

宋磊当真找服务小姐拿来一支笔，就手在桌上的餐巾纸上写了张欠条交给林晓鸣。林晓鸣捧着餐巾纸笑道：“这张纸我回家可要裱起来，肯定是全世界最值钱的餐巾纸了。”小心地把餐巾纸放到书包里，林晓鸣举起手里的咖啡：“咱俩以咖啡代酒干一杯吧！为我们在一起的曾经，就像这咖啡一样，有苦有甜，今天都一口喝下，不再留恋。”

见林晓鸣说得认真，宋磊端起手里的咖啡杯与林晓鸣轻碰杯，斜着眼睛调侃道：“小姐，我这可是美式，只苦不甜。”不等林晓鸣反应，他已经一口气喝完咖啡，放下杯子道，“不过也只有美式回味最是香醇。”

## 19 / 想象创造实相

周日是叶阑的生日，作为全职太太，最好的礼物就是拥有周末的假期。叶阑提前几天就“包下”了林晓鸣的周日时段，要求她一整天陪吃、陪喝、陪聊，晚上还要陪她回家一起庆生。

叶阑到林晓鸣家的时候，林晓鸣刚起一会儿，她张开双臂，给叶阑一个熊抱：“亲爱的，生日快乐啊！你今天就是女王，想要什么尽管吩咐。”松开了双臂，林晓鸣指了指茶几上的包装盒，“礼物在那里，女王请过目，看看是否欢喜。”

叶阑拆开包装，见是一条爱马仕春款丝巾，艳丽的图案衬得满屋都有了春的气息，于是围在颈间站在镜子前臭美了一番，不由得感叹道：“就是服你的眼光，能入你眼的就没有不好看的。”

“这倒应该谢谢宋磊，从前我都是喜欢素色的，要不是这两年他鼓励我尝试绚丽的色彩，我估计还在清新素雅里打转呢！”林晓鸣斜靠在沙发里，看着镜子前转来转去的叶阑，“这个颜色衬你的肤色真是没得说了。”

听到宋磊的名字，叶阑取下丝巾，坐到林晓鸣旁边的沙发里，“你们昨天见面谈得怎么样？”

林晓鸣把两人见面的前前后后和叶阑复述了一遍，说到宋磊给她打的欠条，想起那张餐巾纸还在书包里忘记拿出来，于是站起身，去书包里取了欠条，拿过来给叶阑看。叶阑看着手里的餐巾纸，笑着轻轻摇摇头，“你别说，就你们俩这胡闹的劲儿，还真挺般配的。”

“这叫幽默好不好，”林晓鸣抽过叶阑手里的欠条，举在面前欣赏着，“等哪天宋磊出名了，我就找他兑现去，想挑哪幅画就挑哪幅，当债主可真爽！”

“你省省吧，也就你觉得他有才华，等他成名？猴年马月吧！”叶阑撇撇嘴，“再说了，你不知道现在这世道，债主都是孙子，借债的才是爷爷！这十年光见你当债主了，就没见钱回来过。”

林晓鸣本是一脸无所谓地半仰着，轻轻地甩着手里的餐巾，忽然脑子里一个念头闪过，她坐直了身子，放下餐巾纸，很认真地望着叶阑道：“亲爱的，你有没有觉得我和沈竞腾分手后，我的事业就特别顺利，最近三年的收入应该是过去七年收入的十几倍，肯定是有了！你说，有没有可能就是我之前借给他的钱，以这种方式回来了呢？”

“那是因为你入对行了，这几年哪个干房地产的不挣钱啊！”叶阑白了林晓鸣一眼，“这你也能和沈竞腾扯上关系，你不会是这两天告别没做好，对他又旧情重燃了吧！”

林晓鸣摇摇头，身体又懒懒地靠进沙发里，表情却还是一脸的严肃，“干房地产的多了，但像我这样不到三十岁就当上市公司常务副总的也是有数的吧！如果我没记错，我被提拔成销售总监就是在和沈竞腾分手后半年之内的事情。”

“那也只能说明沈竞腾就是你的扫把星，甩了他，你的人生就能轻松开挂了！”叶阑提起林晓鸣的初恋沈竞腾就来气，他最后几年对待林晓鸣的态度，叶阑想起来就替林晓鸣不值，“你能成为这么年轻的副总，那是自己努力的结果。你一工作起来就没日没夜的，连我们家老沈都说你是巾帼英雄。”叶阑老公沈国清自己做了个园林设计公司，与林晓鸣的公司有项目上的合作。第一次在公司里和林晓鸣开会的时候，沈国清觉得工作中的林晓鸣，与他在自己家里见到的“太太的闺密林晓鸣”简直就是两个不同的人，回家难免与叶阑感叹一番。

“哈哈，只要和地产沾边，哪个不是没日没夜的啊？！”林晓鸣不由得笑了，“你家老沈赶方案的时候，不也是加班加点？行业发展快，机会就多，但工作的强度也一定大，这是成正比的。”林晓鸣收了笑，一脸思考的表情，“但同样都是付出，我在工作上的回报好像就特别大。就拿和你家老沈对接工作的史工来说吧，他也是个肯付出的人，每个项目前期设计阶段，来回改方案、改施工图，他就一遍一遍地过，但现在三十好几了，也就是个工程师，想要爬到总工的位置，估计还要个十年八年的，这还要看他有没有这个运气。”

叶阑不说话了，这个史工她也听沈国清提起过，评价和林晓鸣刚刚说的差不多。但要让她承认林晓鸣的好运气是因为沈竞腾而来，她就浑身上下不舒服，于是她挥挥手道：“这个问题，你下次见 David 的时候问他吧。”自从上次去夏宇家做客，发现大家都称呼夏宇的英文名字，叶阑从此也改口称 David，自觉这样亲近很多，为此林晓鸣还嘲笑她假洋鬼子。

“老戴曾经和我说，金钱也是一种能量，流动是它的必然特征。”“老戴”是林晓鸣和叶阑谈起夏宇时的专用代号，她怕自己总是在叶阑面前“师父、师父”地称呼夏宇，显得好像在强调自己和夏宇的关系多特殊一样。但林晓鸣始终不习惯加个英文名字聊天，见叶阑称呼夏宇 David，她别出心裁地依照 David 的中文意思“戴维”，给夏宇起了个“老戴”的绰号。

“老戴说金钱会流出去，也一定会流回来，但前提是我们的内心没有阻碍金钱回流的信念或者编程。另外，我们应该尽量打开所有的渠道去接受金钱的流动，因为它并不一定以我们认定的方式流回来。”

“这是 David 说的？你怎么之前没和我说过。”

“这个话题老戴也是一带而过，没和我细说。我自己在金钱方面一直没有太多的难题，也就没特别往心里去。今天是话说到这儿了，才突然想起来的。”林晓鸣解释着，顺势挤到叶阑的沙发上，在她身边坐下，头枕在叶阑的肩膀上，像是自言自语，又像是在询问叶阑意见一样念叨着，“你觉得有没有可能，宇宙就是把我给沈竞腾的钱，以我的收入的形式流动给我了呢？想想我除了刚和他分手的时候，因为债务的问题痛苦过一段时间，之后就再没有为过去的那些钱纠结过。我总觉得钱没有还能挣，而且相信自己就是个不缺钱的人，是不是这些都帮助我吸引来现在的财富了呢？”

叶阑耸了耸被林晓鸣压着的肩膀，不置可否地道：“这个专业的问题，你还是留着下次见 David 的时候问他吧！不过，如果照你所说，所有的能量都是流来流去的，你在感情上也从没抓住过去不放，照理说也该幸福才对啊！”

“这个问题我还真琢磨过，我觉得问题就出在小时候看太多言情小说了。”

林晓鸣话音未落，叶阑已经扑哧笑出了声：“你还挺会栽赃，直接把不幸福的责任推到言情小说身上了，我也没少看啊，怎么就没你过得这么一波三折？”

“你别笑。”林晓鸣嘴上这么说，但看叶阑笑得开心，也跟着笑了起来，干脆伸手去挠叶阑的痒痒。两姐妹你推我我推你，在沙发上笑成一团，好一阵子才停下来。

“小阑，你以前看言情小说，会觉得自己就是那个女主角吗？”林晓鸣手指转着自己的头发，随意问道。

“印象不深了，可能会羡慕小说里的女主角，偶尔会希望自己是女主角吧。”

“我和你不一样，我从来都是把自己当作女主角。而且最近我觉察到，我内心完全认同了言情小说的情节——认为如果是真正的爱情，必须是跌宕起伏、惊心动魄、求而不得、得之不易的。我甚至认为，越是痛苦越是证明爱得深切。”林晓鸣叹了口气，头靠在沙发上，“结果呢，我的现实就依照我的想象被创造出来了，各种痛苦、各种折腾……”

“好像被你这么一说，还真是那么回事。”叶阑侧过头看着林晓鸣，“我从小是独生子女，觉得孤单，所以我一直想，我一定要有两个孩子，一男一女。我现在还真就是过着像我小时候想象的生活。”

“你看你从小想象的都是幸福温馨的画面，我想象的都是波折苦痛的画面，所以人和人的差距在想象中就被确定了。”林晓鸣抬起脚放在茶几上，让自己坐得更舒服，“不过好在，言情小说中那些白领丽人，虽然情感磨难重重，但个个都事业有成、独当一面，或者说我选择了这些形象来满足我关于自己事业的想象，所以我在现实中创造的事业实相还不错。就这一点而言，我要感谢港台的言情小说大师们。”林晓鸣双手胸前合十，做敬拜状前后晃动着。

“省省吧你！”叶阑拽下林晓鸣的手，笑道，“人家不需要你谢，只要你别把自己不幸福的屎盆子栽在人家头上就好了。”

“小阑，咱俩玩笑归玩笑，但我现在真是觉得每个人的命运都是自己创造出来的。如果我小时候读的都是马爸爸的自传一类的，说不定我现在也能创造个 × × 网之类的。”林晓鸣正色道：“我现在才真明白了‘书中自有颜如玉，书中自有黄金屋’真正的含义——一个人从小读什么书，决定了他的视野和想象，长大就过怎样的生活！所以小百合和核桃看什么样的书，你还真要费心选择，那是会影响到他们未来的人生呢！”

## 20 / 吸引力法则

林晓鸣参加完叶阑的庆生会到家已经是晚上九点半了，但她依然将白天和叶阑讨论的关于自己金钱和感情现状的思考整理成了简单的文字，和当天的练习报告一起发给了夏宇。就在她梳洗停当，准备上床就寝的时候，听到客厅里手机“滴”的声响。想想可能是夏宇的回复，她走到客厅拿起了手机，见夏宇接连发了几段微信过来。

“晓鸣，你在报告里提到的关于你的金钱和感情的大部分思考都是对的，这里面涉及的就是吸引力法则。我们通常会认为，设定了目标并坚持不懈地努力，最终就可以到达目的地。但真正主导我们的，往往不是意识短暂关注的目标，而是那些在头脑中印象深刻，带给你巨大感受记忆的画面。比如你的意识希望自己情感幸福，但是你头脑中记忆深刻的情感画面，都是那些生离死别、痛不欲生的画面，你在看到或者想象到这些画面的时候，你就会向外界传递出你感受强烈的信号。

“我们之前谈过一个概念——宇宙是合一的，二元对立是我们这个星球上人类独有的认知。在宇宙看来，并不存在着所谓的幸福、痛苦，或者贫穷、富有，无论哪一种实相，都不过是人生的经历而已。因此宇宙对于我们的回应方式，就是允许那些我们感受强烈的事物在我们生命中呈现。它会认为，既然我们感受如此强烈，那一定是我们渴望的。因此，尽管你看上去始终在以幸福为目标，但让你共振强烈的却是苦痛、挣扎，自然宇宙回应你的情感就会以这样的实相呈现。

“从创造人类的感受的强烈程度而言，词汇不如语句，语句不如画面，我们对某个目标越有画面感，对于创造它在现实中的呈现就会越有效。小孩子的想象力通常都比较强，所以虽然他们想象的事物有限，但在人生中创造出呈现的可能性很大。

“另外，吸引力法则还有一个陷阱，那就是如果我们特别渴望一件事物，恰恰向外界传递了我们在这件事物上是匮乏的信号。你可以想象一下，如果你本身是一个穷人，你去银行借钱，银行愿意借给你吗？恐怕很难吧！那同样，如果你内在极其匮乏，不断希望能从外界获取，宇宙接收到的依然是你匮乏的感受，所以它回应你的依然是匮乏。

“所以晓鸣，感受对我们极其重要。我们对一件事的感受，才是创造这件事在我们生活中呈现实相的根本。这也是为什么我前期一直让你强化自我情绪的管理练习——你在生活中越是平静喜悦，你会发现更多的平静喜悦越会随之而来。

“好了，时间已经很晚了，不用回复我，有什么思考我们以后再讨论。晚安。David。”

林晓鸣一口气读完了夏宇的微信，嘴里叨咕着“原来如此”爬上了床，睡着前她想着自己小时候关于未来的各种想象与现在生活的异同，惊叹着吸引力法则的神奇，不知不觉渐入梦乡。

接下来的一周，林晓鸣一直在出差，先是到集团总部开了三天会，之后去华东区域公司做了一天的支持培训会，周五中午才回到北京。一下飞机，她直奔公司，出差一周，肯定会有厚厚的一摞文件堆在办公桌上等待她的审阅。进了办公室，林晓鸣椅子还没坐热，陆续就有听闻她回来的同事来敲门，请示这样或那样的问题，令她有一种掉进事务堆的无奈。

林晓鸣批示完最后一份文件，已经是晚上八点多。她站起身揉揉酸痛的颈部，长出了一口气，走到办公室的玻璃幕墙边上，向下看着川流不息的东三环。周五入夜的北京格外繁忙，黄色、白色、红色的灯光交相辉映，闪烁着赶往城市不同的角落。每次林晓鸣从这里俯视来来往往的车辆，或拥堵停滞，或匆匆赶路，都难免感慨这个城市与她小时候居住的样子，竟然发生了如此翻天覆地的变化。

林晓鸣在回家的路上接到了母亲的电话，她突然意识到从三月份到现在还没回家看过父母，想想明天没有什么事情，于是主动提出明天要回家吃午饭。

从林晓鸣住的地方开车去父母家，不堵车的话也就二十分钟车程，但她一年回家的次数满打满算不超过十五次。客观原因是林晓鸣的确很忙，周末经常加班，真有假期又忙着往国外跑，留给父母的时间自然有限。主观原因却是林晓鸣从小到大与母亲的关系一直很紧张，相处时间稍微长一点儿，就可能因为这样或那样的小事起冲突。她后来总结了规律，和母亲最安全的相处时间就是一顿饭的工夫，于是每次都是踩着饭点儿进门，吃完抹抹嘴，找个理由就溜。

林晓鸣进门的时候，母亲还在厨房里包饺子，听见她在门口喊爸妈，答应着就从厨房里走了出来，手里还托着个没包完的饺子。饺子是林晓鸣的最爱，每次她回家吃饭，只要没有特别要求，母亲都会包饺子，吃到肚圆还不算，走的时候一定给她打包满满一盒，让她第二天煎饺子吃。

“快洗洗手，就等着你进门下锅煮呢，十分钟就开饭！”看见女儿回来了，母亲的声音里透着高兴。

“爸，这是两张下周三晚上中国音乐厅的演出票，您和老妈一起去吧，正好有机会去参观一下‘水铺蛋’，里面真是挺漂亮的。”林晓鸣一进门就从包里拿出两张票递给父亲，生怕自己忘了。

说话的工夫，母亲已经端着煮熟的饺子放到了餐桌上，招呼聊天的父女两人先吃饭。饺子从来就是做着麻烦，吃起来快，也就十分钟的工夫，大家都放下了筷子。林晓鸣动手要收拾碗筷，母亲忙按住她：“放着放着，你好不容易回趟家，坐下说会儿话，等会儿我们慢慢收拾。”

“晓鸣，你现在到底有没有男朋友呀？要有就带回家给我们看看。”这个问题想必是在母亲心里横亘多时了，今天居然没绕圈子，上来就直奔主题。

“妈，说多少次了，您能不能别操心我男朋友的事情？”林晓鸣的语气马上有了不耐烦，“我那么忙，哪儿有工夫谈恋爱？”

“我知道你忙，难道忙就不结婚啦？”显然母亲这次是有备而来，一副绝不轻言放弃的模样，“再过几个月你就三十一了，这女人一过三十，条件再好也要被别人挑，你不能一直这么耽误着啊！”见林晓鸣不说话，母亲拿起餐桌上的手机，翻找着什么，“昨天，我们同事聚会，以前儿科张阿姨说她儿子还没女朋友，我看了看条件还不错，你看是不是挺周正的？”说着母亲举着手机，送到林晓鸣眼前，“自己创业，做了家科技方面的公司，你要不要去见见？”

“妈，”林晓鸣瞟了眼手机，拖长了尾音，声音不知不觉已经开始提高了几度，“您这是什么审美啊？长成这样也算周正？您真是觉得自己闺女没人要了吗？这么着急随便找个人把我嫁了！”

“晓鸣，找男人不能光看长相，你看之前的沈克腾，长得人模狗样的，你对他那么好，他是怎么对你的？”母亲想必是着急了，直接揭了林晓鸣的旧伤，“嫁汉、嫁汉，穿衣吃饭，长得帅是能当吃还是能当穿啊？最重要的是人好！你什么时候能现实一点啊！”

“你少说几句。”父亲在旁边一直轻轻拽着母亲的手臂，见暗示阻止不了母亲，不得不低声道。

“我说错了吗？”母亲一直对林晓鸣压制着的火气，正好找到机会冲着身旁的老伴撒了出去，“都是你从小惯的，什么都由着她性子，现在我们老了，眼里更没我们了，人家小伙子不是条件挺好的吗？去见一下怎么了？你看看她那一脸不耐烦的样子。”

看见母亲吼父亲，林晓鸣立刻冷了脸：“我喜欢长得帅的怎么了？我今儿就告诉您，找不到合适的，我还就不嫁了！我自己养活不了我自己吗？这都什么年代了，用得着随便找个男人穿衣吃饭？！”

“你以为你一辈子都能像现在这么风光？等你年纪大了，没丈夫、没孩子，一个人有点儿什么事儿都没人管！”母亲气得手都有点儿抖了，“当初我就不同意你和沈竞腾谈恋爱，你非一头扎进去，到最后受罪的还不是你自己！你就这么自以为是吧，以后有你的罪受！”

林晓鸣忽地一下子站了起来，椅子被撞得发出了巨大的声响。“我受不受罪不劳您费心！您就管好自己就行了！”林晓鸣看了一眼满脸无可奈何的父亲，“爸，没什么事儿我先走了。”说罢径直拿了风衣和书包准备离开。

“你、你、你……”母亲追在林晓鸣后面，“威风给谁看啊！别整天回家当林总……”林晓鸣“砰”的一声摔门而去，把母亲的愤怒甩在了身后。

## 21 / 妈妈的爱，是你亲密关系的根

林晓鸣一走进夏宇的工作室，夏宇就感受到她情绪有点儿低落。想到她昨天在练习报告上提到了和自己母亲的冲突，夏宇的眼中透出了一抹了然于胸的笑意。

“咱们先来做个回到中心的练习吧。”夏宇邀请林晓鸣闭上眼睛，关注自己的呼吸，随着她的呼吸越发平稳深沉，夏宇引导她去听到空间里的声音、闻到空间里的气息、感受到身体的某一种触感。片刻过后，待林晓鸣睁开双眼时，她感到自己已经完全安处在夏宇的咨询室里了。

“师父，今天咱们聊点儿啥？”

“聊聊让你昨天不开心的那个人。”夏宇两手搭在沙发的扶

手上，眼中的笑意更深了。

“让我不开心的人？您是说我妈？”林晓鸣一脸疑惑，“不是说围绕亲密关系工作吗？我妈和我的亲密关系有什么联系吗？”

对于林晓鸣的质疑，夏宇显然并不意外：“不但有关系，而且关系非常大。”他用手指了指对面墙上挂着的一幅照片问道：“你可以看出里面的那棵树的生长区域吗？”

植物学和地理都不是林晓鸣的长项，但从照片上那棵树粗壮的树干和略显稀疏的枝丫来看，她觉得很有可能是一种生长在热带而且比较干旱区域的树种，于是试探地说出了自己的猜想，等待夏宇给她答案。

“没错，这是猴面包树，是地球上的濒危物种，照片是在马达加斯加拍的。”夏宇将目光从墙上的照片移回到林晓鸣的身上，“即便你不认识这棵树，却能从它的模样中猜测它生长的环境，也就是说它生长环境的土壤、空气、阳光、雨露配合上它独有的基因，就决定了它长成的模样。作为人类，我们成长的家庭、父母对待我们的方式、生活区域的文化特征等，就是我们的‘土壤、空气、阳光和雨露’，对我们成为今天的自己有着莫大的影响。”

林晓鸣略带思索地询问道："我一直以为我的脾气、性格很多地方像我妈是遗传的，天生就是如此，那照您的意思，父母也不过是决定我们样子的外部因素而不是内部因素，是吗？"

"父母到底是决定我们的内部因素还是外部因素，这两者最大的区别在哪里？"夏宇饶有兴致地反问道，并没有直接回答林晓鸣的问题。

"如果是 DNA 里带的，那就不可能改变了啊！但如果是外在培养和形成的，那改变起来就应该容易多了。"

"哈哈，现代科学已经证明即便真是 DNA 里携带着基因，也是可以修改的，不过这不是我们今天学习的重点，以后有机会再讲这个问题。"夏宇着实喜欢林晓鸣的学习思考的能力，"你有没有觉察到，刚才你的这句话一下子就把自己从生命被动的承受者变成了主动的选择者，生命的力量都被拿回来了呢？"

"您这么一说，好像真的是这样啊！"林晓鸣点点头，"这些想法都不知道是怎么跑到我的脑子里来的，就这么约定俗成地占据了我的认知。"

"我们每个人的头脑中都有大量并不属于我们自己的信念、认知，这些都来自于我们成长的环境，而后又作用在我们生活的方方面面，成为人生的限制。所以人生前半段的成长就是把各种各样的认知装进我们的头脑，而人生后半段的成长就是把无益于生命的认知剔除出我们的生命。”夏宇微微一笑，“今天我们就来处理你和妈妈之间的关系，让妈妈真正成为你生命的动力，而不是阻力。”

“我和我妈……我觉得就是生辰不和，六六对冲。”林晓鸣想到昨天和妈妈的冲突，不由得叹了口气，“小时候我觉得她就是专门来找我碴儿的人，现在，我觉得我是专门来惹她生气的人！”

“我和我哥就差两岁，所以小的时候，我们会经常争吵，有时候还会打架。每当这个时候，如果妈妈在家，错的肯定就是我，我一直觉得，妈妈从来都是偏疼哥哥。”林晓鸣逐渐陷入自己的回忆里，“远的就不说了，前几年，哥哥因为买房子和家里借钱周转一下，当时我妈希望我能拿钱出来多凑一些，而我因为把钱都给了我当时的男朋友，拿不出钱，她就对我大发雷霆，直接把我轰出家门……”说起这件事，林晓鸣依然觉得很难过，觉得有股很大的委屈感堵在她的胸口，眼眶也有些湿润。

“那从什么时候开始，你变成了专门惹她生气的人呢？”夏宇好像没打算让她过深地沉入伤痛里，一个提问转变了林晓鸣思考的方向。

“其实我从小一直就是那个惹她生气的人。我妈是个特别能干的人，不但家中的事情里里外外一把抓，工作上也一直追求进步，要是放在今天，她肯定也是个大有作为的女强人。不过这样的人，控制欲也特别强，我和我哥肯定是她控制的首要对象，什么都要按照她的要求来，做好了都是应该的，做不好就要被责罚。我哥的性格比较憨厚，就算不服我妈也从不直接顶撞她，我不行，不服就一定要明着抗争，谈判、顶嘴、逃跑什么都干过，有一次我甚至跳到我家阳台的围栏上威胁她再打我我就跳楼。”林晓鸣仿佛看到了自己小时候与妈妈抗争的意气风发的样子，嘴角挂上了一丝微笑，“大概三年前吧，我的事业突然风生水起，两年的时间‘三连跳’，从项目经理快速晋升为公司的副总经理，地位、收入都成为家族里最高的人，好像从那时候起，我和我妈再起争执的时候，就永远都是我处于上风了。就像昨天我和我妈吵架，我看得出她都气得不行了，可最后也就是冲我爸撒气，对我还是尽量克制的。每次她特别生气的时候，就会说我在家摆林总的架子，整天拿着领导训下属的口气和她说话。我以前一直认为她莫名其妙，但现在想起来，好像我说话真的是有点儿训人的口吻……”林晓鸣平时从来没细想过自己和妈妈之间的关系，不知道是不是咨询室的氛围容易让人平静的缘故，她好像可以看见一些平时她看不见，也不愿意看见的部分。

“你觉得你妈妈爱你吗？”夏宇的声音虽然平静，问题却犀利起来。

“爱吧……”林晓鸣的回答显然充满了犹豫和困惑，“她是家里付出最多的人，对我也是一样。可是……”林晓鸣停顿下来，忽然有些沮丧地低下了头，轻声说道：“为什么会有一个声音一直告诉我她并不爱我，她对我们好都是为了让别人觉得她是个好妈妈呢？”

“我能够感受到此刻你很伤心。”夏宇将自己此刻体验到的情绪反馈给林晓鸣，只见她点了点头，身体下意识地缩进了沙发里，“你很渴望妈妈能够爱你，是吗？”

“我不知道……小时候肯定是的，可现在，我又不缺人爱，领导、同事、朋友都很喜欢我啊！”林晓鸣抬起头，充满疑惑的双眼望向夏宇，“我们也不住在一起，我忙的时候，连想她的工夫都没有，我干吗一定要她爱我呢？”

“因为妈妈是我们生命扎根的大地，没有妈妈的爱，我们就像是找不到土壤的植物，即便拥有再多的其他外在滋养，就好像被泡在营养液里的植物一样，是没有太久的生命力的。”夏宇的声音并不大，但每个字都像是小锤子一样砸在林晓鸣的心上，她突然明白了，为什么自己从小到大经常会有很强烈的孤独感，原来是一直没有找到扎根的地方。

“那我能怎么办？”林晓鸣的声音透出一丝绝望，“我总不能去求我妈爱我吧？再说了，她也不能承认她不爱我啊！从小到大，她从来没承认过她偏爱我哥，可事实上她就是更偏向我哥啊！”

“这很有趣，”夏宇笑道，“事实？是你认为的事实，还是真实发生的事实呢？”

“当然是真实发生的啦！”林晓鸣不免气结，“您要不要听听我从小到大受的委屈？我今天回家就把我的日记本翻出来，下回来读给您听！”

见林晓鸣气鼓鼓的样子，夏宇不由得笑道：“看来你还有个‘小账本’啊！不用那么麻烦回去翻‘账本’，我们现在就‘回去’看看，以前究竟发生了什么，怎么样？”

“能吗？”林晓鸣的声音充满了好奇，身体也不由得从沙发中坐直了起来，有些兴奋地问道，“师父，您还能带我穿越是吗？”

“哈哈，穿越剧看多了吧？”夏宇打趣地说道，“你就不怕穿越了回不来？”见林晓鸣有些不好意思，夏宇收了笑，正色道，“爱因斯坦的能量守恒定律揭示了宇宙间的万物都具备能量，因此我们每个人也都是一个能量振动体。如果我们愿意敞开自己去共振他人的能量频率，就能真实地体验他人内在经历的情绪和感受，也就能更完整地从事情参与者的多方视角看懂这件事，因此对事情会有更全面的认知和理解。”看着林晓鸣似懂非懂的表情，夏宇补充道：“这些原理，你现在理解不了也没关系，只要完成一次体验，你就会有清晰的了解了。”

林晓鸣点点头，作为一只心理学的菜鸟，她现在当真是一头雾水，完全领悟不到夏宇所说的“真实体验他人内在经历的情绪和感受”究竟是什么意思。与其不着要领地猜测，不如就信任地跟随夏宇的引领去体验好了。

## 22 / 这就是妈妈能给我的最好的爱

夏宇从林晓鸣对面的沙发起身，移坐至旁侧的沙发上："整个过程我会用语言引导你，你所需要做的就是放松，并跟随我的语言，尽量去观想和体验。即使真是什么画面和感受都没有。你也不要紧张，只要保持放松，画面和感受迟早都会到来的。我曾经有一个案主，直到第四次练习的时候，才链接上她的母亲，这也是很正常的。"随后他用手指了指自己刚刚坐的那个沙发："这边是代表你妈妈的位置，等一下我会引导你坐到这边来，进入你母亲的能量状态。"

尽管夏宇反复强调了要放松，林晓鸣还是觉得自己的心跳开始加快，即将开始的探索让她充满了兴奋与好奇，又夹杂着一点儿莫名的小紧张。一旁的夏宇拿出手机道："我会播放一段脑波音乐，这会有助你更好的放松。"话音未落，音乐声已经响起，夏宇示意林晓鸣闭上眼睛。

"做一个深呼吸，让你的全身放松下来。"夏宇的声音深沉而富有节律，"感受你的呼吸……现在，抬起你的右手，在你的拇指与食指间，轻轻地捏住一颗平静的水滴，慢慢地放到你的头顶正中。现在松开你的手指，让这颗平静的水滴自由地向下滑落，它进入你的头脑，你的头脑完全平静下来；它穿过你的身体和双臂，你的身体完全平静下来；它通过你的双腿、双脚最后进入大地，你全身的每一个细胞，此刻都已经完全平静下来。"

林晓鸣感觉自己像是被催眠了一样，头脑进入了一种空白的宁静之中，仿佛一切都停止了，这感觉对于她这个平时习惯于大量头脑思考的人而言，如此陌生又美好。

"现在，请唤醒你儿时的记忆，你可以看到一个孩子的小小的身影，她无助地哭泣着。就在刚刚过去的前一分钟，她深深爱着的、崇拜着的、依赖着的妈妈，以从未有过的坚定态度拒绝了她、否定了她，甚至打骂她——这个小孩就是多年前年幼的那个你，那个不被妈妈关注的，不被妈妈理解的，不被妈妈接纳的，不被妈妈认同的你，她就是当年的你……此刻，你已经完全和你看到的这个小孩融为一体，你现在正在感受她的伤心、痛苦、孤独……一种失去安全感的恐惧，将你紧紧环绕。”

林晓鸣看见了8岁时的自己，因为和哥哥在二姨家打架，回家后妈妈就让她和哥哥两个人互打对方，他们不肯，林晓鸣出言顶撞妈妈说：“没有你这样的妈妈，居然教育孩子互打！”结果妈妈抬手就抽了她五六个耳光，血从她的鼻子里喷涌出来，流到了桌子上、地上，她吓坏了，脸上的疼痛和心里的恐惧占领了她所有的意识，她的全身都在颤抖，双手捂着自己的脸颊，汹涌的泪水夺眶而出。

“晓鸣，做一个深呼吸，非常好，保持住，继续深呼吸。”夏宇的声音仿佛一个救生圈，套住了正在痛苦中不断下沉的林晓鸣。随着几次深呼吸，她好像从8岁的回忆里走了出来，逐渐恢复到了之前的平静中。

“晓鸣，现在请站起来，走到对面沙发的位置，先不要坐下，我们需要准备好进入妈妈的能量中时，再坐下。”

林晓鸣睁开眼睛，站起身慢慢走到对面沙发前，尽管看上去她已经平静下来，但她内心依然停留在刚才经历的痛里。她从没有刻意去记住妈妈伤害她的言行，但刚才看到这些画面时，她突然明白，自己从来没有忘记过这些苦痛，甚至有些恨在心底蠢蠢欲动。平日里，为了表现出自己是个好女儿，理智一直让她去理解妈妈的辛苦。难怪自己平日里和妈妈说话总是针尖对麦芒，想必是这些被压在心底不允许表达的恨在作怪吧！

“晓鸣，闭上眼睛，做一个深呼吸。”夏宇的声音适时地响起，打断了林晓鸣万马奔腾般的思绪，“感受你的呼吸……现在，再次抬起你的右手，在你的拇指与食指间，轻轻地捏住一颗静默的水滴，慢慢地放到你的头顶正中。现在松开你的手指，让这颗静默的水滴自由地向下滑落，它进入你的头脑，静默的涟漪从头脑中心向四面散去；它穿过你的身体和双臂，静默的涟漪从你身体的中心向四面散去；它通过你的双腿、双脚最后进入大地，你全身的每一个细胞，此刻都已经完全静默下来。”

夏宇口中的“水滴”带着咒语般的魔力，泛起的涟漪将林晓鸣心中残存的各种情绪驱赶得无影无踪，她不由得长长地出了一口气。随后，她听到夏宇说道：“如果你已经准备好进入妈妈当年的内心世界，请向前一步，坐入沙发里。请想象你此刻进入到妈妈的身体里，你的脸、身体，已经是妈妈的样子，你的意识已经链接了她的意识，你开始体会到她的心——请在你的内心看向坐在你对面的孩子，这个平时快乐懂事的孩子，总是用崇拜的眼神看着你，喊着你‘妈妈’的孩子，此刻却因为你的责罚而伤心哭泣，甚至从此失去对这个世界的爱和信任，你有着怎样的感受呢？”

随着林晓鸣在想象中将自己的脸换成妈妈的脸，她觉得自己的内心体验着一种前所未有的干涸，就好像一个孤独的旅人独自走在无边的沙漠中一样，向后看不见来路，向前看黄沙漫漫，低头前行是她能够活下去的唯一选择。这感觉像一双手卡住了林晓鸣的脖子，让她有些喘不过气，双肩沉重不已，身体也充满无力感，意识里却有个声音在说：“你可不能倒下，这个家需要你。”

林晓鸣下意识地做了两个深呼吸，努力向上挺直了身体，让自己能更好地适应此刻正在经历的身心不适的感受。依照夏宇的引导，她看向对面哭泣的女儿，干涸的内心先是混杂进一股无能为力的凄凉——因为此刻自己只能袖手旁观她的血泪，也为自己管教孩子的冲动与失败……随后，一股更加强大的心疼与自责充满了林晓鸣的内心，她不由得用手捂住了自己的胸口，眼角也渗出了晶莹的泪滴。

“晓鸣，请做两个深呼吸，回到当下此刻，非常好，请起身回到你之前的座位上。”待林晓鸣坐回到对面的沙发里，夏宇继续引导道：“持续关注你的呼吸，呼气——吸气——呼气——吸气，让你的身体像管道一样畅通，允许呼吸携带着能量流经你的身体。晓鸣，请带着你成年人的心智，以及温暖柔软的心，看向年幼的你，和曾经伤害过你的妈妈，我很好奇，此刻你看到什么，感受到什么？”

林晓鸣依然闭着双眼，却看见了从小到大，妈妈关爱自己的一幕又一幕画面——妈妈从医疗队回来就整夜守在自己的病床前；怕自己胃痛，把饭盒揣在怀里，每天去学校给自己送饭；自己被妈妈医院门口两棵大槐树上遮天蔽日的“吊死鬼”吓得不敢通过，妈妈用白大褂罩在自己身上，抱着自己从“吊死鬼”中穿梭而过……这许许多多的过往，虽然从未记起，却始终不曾忘记。林晓鸣的双眼又一次噙满泪水，但和前两次不同，这次是幸福的泪。

“我感受到，我是很幸福的，妈妈其实很爱我！”林晓鸣睁开眼，接过夏宇递过来的纸巾，边擦拭泪水边说，“妈妈的内心很干涸……”林晓鸣体味着刚才进入妈妈内心时经验的感受，寻找着背后的寓意，“是爱！妈妈的内心缺乏爱，她从来没有体会过来自别人的爱，在她看来爱就是责任！所以，妈妈的爱一直都是用坚强和坚持来表达，那就是她爱我的方式……”想起妈妈的孤独和坚韧，林晓鸣不禁有些哽咽："她硬撑着那么多年，努力让一切看起来尽在掌握，而我就是那个经常戳破她伪装的淘气鬼，让她绝望又自责。"

"不要责备你自己，作为孩子，你已经做得非常好了。"夏宇又抽了几张纸巾递过去，"不管你当时犯了什么错误，妈妈过于严苛的责罚都是不对的，我感受到你当时的惊恐，这对一个孩子来说是不公平的，所以你反抗她，甚至恨她，都是在那个时候你唯一能做的。但今天你已经是一个成年人了，你拥有了比小时候更大的能力和更多的资源，如果你还是用反抗和恨来对待妈妈，就是在切断和妈妈的链接。"林晓鸣已经完全平静下来，专注地盯着夏宇，吸收着他说出的每个词语，"其实大多数母亲都是爱自己的孩子的，只是她们表达爱的能力有限。因为在她们成长的过程中，也很少被爱、被关注，她们只能以父母对待自己的方式，来对待自己的孩子。所以我们要学习接纳'这就是我的妈妈能给我的最好的爱'。即便有些母亲，真的对孩子做了天理难容的事情，对孩子而言，放下也是比恨更好的选择。要知道，母亲是我们生命中阴性能量的根源，代表着爱、流动、关系、接纳等力量，如果你不允许自己和妈妈链接，也就意味着这些力量在你的生命中无法被整合。"夏宇停顿了一下，随后口气变得轻松起来，“阴性能量也是女性能量，你说如果一个女人缺乏女性能量，哪个男人愿意和一个假女人真汉子长相厮守呢？”

林晓鸣被夏宇最后一句话逗乐了：“你说谁是假女人真汉子呢！”她故意白了夏宇一眼，然后歪着头琢磨了一下，追问道，“师父，那今天整完这一出，是不是我的女性能量就链接上了，我还需要做什么吗？”

显然林晓鸣问到了重点，夏宇点点头说道：“这是链接的开始。刚刚你体会到了你妈妈的内在，以后你对于她的言行，就会有更多的同理能力，你一定能更好地接纳她。不过，你和妈妈的相处模式毕竟已经持续了三十多年，有时候她的言行依然会触发你曾经的反抗程序。你要做的就是始终保持觉察，一旦发现自己进入旧有的模式，就要停下来问问自己，‘妈妈的言行背后有怎样的需求？除了反抗，我有没有更好的方式来和她沟通？’”

林晓鸣掏出笔记本，迅速记下了最后两个问题，然后抓起书包，边收拾边说：“保持觉察，和自己提问，我都记下了。师父，您老人家还有什么要嘱咐的没有，没有我就撤了啊！我现在就想回家抱抱我妈，好好和她链接链接。”

“今天就到这儿吧，记得回去写学习报告。”夏宇的声音还没落下，林晓鸣已经冲出了咨询室，响亮的回答从她身后飘进夏宇的耳朵，“报告明天微信给你，谢啦师父，Bye……”

# 23 / 记忆是人生剧本的图腾

“爸，我回来了！”林晓鸣进门看见只有父亲一人坐在客厅里看书，母亲的拖鞋整整齐齐摆在门口，不由得问道，“我妈呢？”

“晓鸣？”对于林晓鸣的不期而至，父亲有点儿意外，他站起身迎出来，“回家怎么不提前打个电话，我们也好提前准备菜呀！你妈去上课了，还要一会儿才回来。留下吃晚饭吗？”

“我就是想给我妈一个惊喜。”林晓鸣喜笑颜开地看着父亲。

“哦？”父亲有点儿不明所以，林晓鸣的性子有多倔，当爹的自然心里有数。想想昨天她怒气冲冲地摔门而去，原以为又要一两个月见不到她了。

“喝口茶，这是下午刚沏的。”父亲倒了一杯茶给林晓鸣，父女二人坐回沙发上，“晓鸣，昨天你走了以后，你妈都哭了。我和你妈在一起一辈子，除了你小时候得重病那次，从没见她落泪过，昨天我看她是真伤心了。”

林晓鸣呆了呆，母亲会落泪，这是她万万想不到的，一时不知道该说些什么好。

“你从小就有主见，现在又事业有成，你不知道我们多以你为傲呢！”父亲端起茶杯浅酌了一口，“之前你虽然不说，但我们也看得出你有男朋友，所以也没问过你什么。但今年春节你一个人去澳大利亚玩，我们就猜你可能又和男朋友分手了。你妈一个春节都没过踏实，担心你一个人在国外伤心，天天惦记着和你视频，看看你怎么样，可又怕说多了你烦……”

“爸，对不起，”林晓鸣想起自己在澳大利亚，母亲每天都和她视频，一个劲说要看澳大利亚的风景，没想到却是因为担心她，不由得红了眼眶，声音有点儿哽咽，“让你们为我操心了……”

“我还好，我知道我闺女是个人物，从上幼儿园就能报喜不报忧，是个担得起事儿的人。”父亲的声音满是宽容，“但你妈就是觉得你感情坎坷，心疼你一直没有个好归宿，就琢磨着想替你找到个真正疼爱你的人。我告诉她你不喜欢她操心你的事情，可是劝也劝不住。”父亲说着，忍不住摇了摇头。

“爸……”林晓鸣的眼泪夺眶而出，她一直以为自己什么都不说就能让父母少操心，却不知反而让父母更加担心，“您怎么早不和我说这些。”

“你妈不让说啊！”父亲无可奈何地说，“她怕你反过来还要安慰她。你们娘俩真是一个模子里刻出来的，都怕给别人添麻烦，还都一样的倔。”

“爸……”林晓鸣撒娇着把头靠在父亲的肩膀上，“以后您有什么都偷偷告诉我，我绝不和我妈说……”

父女二人谈话的间隙，听到有钥匙开门的声音，不用猜一定是母亲回来了。林晓鸣一下子从沙发上弹了起来，冲到门口，紧紧抱住了刚进门的母亲。

“妈，对不起，昨天惹您生气了，让您伤心了。”林晓鸣头埋在母亲的颈窝里，不停地喃喃说道。

母亲先被这突如其来的拥抱吓了一跳，很快意识到是自己的女儿，她自然地抬起手，拍了拍林晓鸣的后背：“你这丫头，又疯闹什么呢！”

“妈，您坐下，我帮您换鞋。”林晓鸣不由分说，把母亲按坐在门口的换鞋凳上，蹲下身子就要给母亲脱鞋。

“别闹，齁脏的，”母亲忙不迭地推开林晓鸣的手，“我又不缺手不缺脚，换鞋哪要你帮忙。”说话间，已经手脚麻利地解开了鞋带。

林晓鸣把拖鞋放在母亲脚边，将母亲放在一旁的外套和书包挂进壁柜里，搀起换好鞋的母亲：“妈，您赶快去沙发上歇会儿，我去给您倒杯茶。”

母亲满眼狐疑地盯着林晓鸣，像是不认识她一样，转过头问自己的老伴：“她这是整哪一出？”

父亲笑着摇摇头：“谁知道，说是要给你个惊喜。”

“妈，您喝茶。”林晓鸣倒了茶回来，把茶杯递到母亲手里，然后紧挨在妈妈旁侧身坐下，让自己的眼睛可以直视母亲，“妈，对不起，昨天我不应该顶撞您，说了很多伤人的话，您别往心里去。”

“自己的闺女，有什么往心里去的。”林晓鸣从小就是一个从不服软的人，第一次听闻她这么正式的道歉，母亲反而有点儿不太适应，言语中居然带了一丝不好意思：“也是我自己多事儿，昨天我又仔细看了看那男孩，配我闺女是差了点儿，难怪你不高兴。”

母亲一直是极要面子的，从不肯承认自己有错，所以听到母亲居然这么说时，林晓鸣的心里有一阵感动，她攀起母亲的手臂，头枕在母亲的肩膀上，“妈，我知道您担心我感情没有着落。我并非不在乎婚姻，但是之前，我寻找的方向一直是错误的。如果我不知道什么才是自己需要的，就没有办法真正的幸福。即便我去见了张阿姨的儿子，也不能确定他是不是就是我要的人。所以，”林晓鸣直起了身子，望向母亲，“我现在跟随一位情感方面的老师学习，等我成长一些了，就能更快地找到更适合自己的人了。”

“现在你们年轻人可真复杂，连情感都要学习啊？！”母亲一脸困惑，“那学到什么时候才算学好了啊？”

林晓鸣被母亲的表情逗得哈哈大笑。“等我一个人也过得特别开心的时候，就学好啦！”林晓鸣抱住了母亲的脖子，赖在她的胸口，“到时候我就列一个要求清单，您就按图索骥帮我找男朋友就好了。”

“说着说着就没正形，”母亲责怪道，声音里却全是宠溺，她轻抚着林晓鸣的头发，“晓鸣，咱们家唯一让我担心的就是你的婚事。你的性子太强，多大的委屈都打碎牙齿往肚子里咽，男人是不会心疼你的。所以，有什么要说的别憋在心里，该哭的时候也要学会哭。如果不能和别人说，就和我们说说，别什么事情都自己担着。”母亲轻抚着林晓鸣的头发。在她的记忆里，自从林晓鸣上了初中，好像就再也没在她的怀中停留过，今天这一抱，难免让她有种时光倒流的感觉，一时间有点儿失神。

“妈，”林晓鸣头埋在母亲怀里，声音也有几分小女孩的撒娇，“谢谢您为我做的一切。”她突然抬起头，在母亲的脸颊轻啄了一口，“爱死您啦！”

林晓鸣在父母家一直待到晚上八点多才离开，三口人有说有笑地一起做了晚餐，她和父母讲述了和夏宇学习的一些事情，没想到母亲对此甚是感兴趣，不断向她问这问那，还让她哪天邀请夏宇来家里吃饭。林晓鸣从没觉得待在自己父母身边是这么舒服的事情，竟忘记看时间。倒是母亲惦记着她第二天要上班，从八点就催她早点儿回去睡觉。

林晓鸣到家写了份长长的学习报告，前半段总结了今天在咨询室里的体验和收获，后半段则把下午在家的感受和觉察梳理了一番。在结尾她写道：

“我们每个人口中的事实，并非客观存在的实相，而仅仅是我们自己愿意看见的部分，所谓记忆不过是根据我们人生剧本的要求而刻画出的图腾。当我认定母亲不爱我时，我只能看见她对我的指责、控制和打骂，我甚至会揣度她对我悉心的照顾是为了让别人认为她是一个好妈妈！我如此渴望她能爱我，但每当她靠近我，我又会迫不及待地逃开，甚至不惜伤害她。但当我愿意放下心中固有的成见，我看见了所有被我忽视的关爱，像花朵一样在我的生命里绽放。无论电话那端冷暖的问候，还是餐桌前耐心地等候，都是父母执着守候的爱。很庆幸，我的父母如此深爱着我，更庆幸，这样的爱可以在他们有生之年被我看见，不留遗憾！”

## 24 / 受害者、迫害者和拯救者的游戏

和母亲的关系修复了之后，林晓鸣自觉已经进入了小圆满的状态，除了身边少个男朋友以外，生活看上去一切顺心，她甚至觉得应该没有什么所谓的伤口需要被疗愈了，所以这一次在去往夏宇工作室的路上，她一直在猜测今天会谈什么主题。

“师父，今天咱们聊点儿啥？”一走进咨询室，林晓鸣屁股还没坐稳，话已经脱口而出了。

夏宇微笑着看着林晓鸣：“看来这段时间状态不错，现在你整个人都在发光。”他略一停顿，声音比之前沉缓了些，“晓鸣，闭上眼睛，做个深呼吸，感受一下你听到了什么，闻到了什么，感觉到了什么。”

经过连续几个月的练习，林晓鸣已经非常熟悉通过呼吸回到自己内在的中心。她闭上眼睛，深深地吸进一口气，之后又将气缓缓地吐了出来，几个呼吸之后，她柔和而又沉稳的声音传递出来："我听到了风机嗡嗡的声音，我闻到百合花的香气，我感觉到了我的双脚踩在地毯上的柔软。"

"非常好，现在请你慢慢睁开双眼，回到当下此刻。"看见林晓鸣慢慢睁开眼睛，夏宇赞赏道，"看得出你练习的效果相当不错，进入内在的速度越来越快了，能量也非常稳定。"

"当然了，不能给师父丢脸啊。"林晓鸣做了个鬼脸，"今天学习什么内容呢？"

"聊聊你爸爸如何？"

"我爸？"林晓鸣眼睛转了转，"师父，我和我爸可没问题啊！从小他就疼我，虽然我也和他吵，但我心里可是对他没有啥放不下的不满情绪，那还有什么可聊的呢？"

"没问题？这很有趣。"夏宇脸上挂着个高深莫测的笑容，"晓鸣，你介不介意我猜测一下你父亲在你心目中的形象啊？"

"您随便猜，"林晓鸣大气地挥了挥手，"猜对了，我请吃饭。"

"我猜……"夏宇故意拖长了语气，"你认为父亲是一个很有才华的人，但一生始终怀才不遇，没有得到与他的才华相匹配的社会地位，换之言你父亲的职业之路是非常坎坷的。另外在家里，你母亲享有绝对的主导权，所以你有时候会觉得父亲被母亲欺负，会替父亲抱不平……”

从夏宇描述父亲的第一句话开始，林晓鸣就瞪大了眼睛，随着听到更多夏宇关于自己父亲的描述，她满脸震惊的表情，头点得像小鸡啄米一样，不等夏宇说完，她已经忙不迭地回应着：“没错，没错……”由于觉得夏宇说得太准确了，她不由得歪着头回忆了一下，以确定在此之前她是否和夏宇谈论过她对父亲的评价。

“师父，太神了！”林晓鸣满脸崇拜的表情，“您连没见过的人都能说得这么准确，这又是什么绝技啊？一定要教教我！”

夏宇被林晓鸣的样子逗得哈哈大笑起来。“谁说我没见过你父亲？”说着夏宇抬手指了指墙上猴面包树的照片，提醒着林晓鸣上次课程的内容，“我见到你了，就相当于见到一部分的你父亲呀！”

“师父，我还是不太明白您是怎么看出来的，您要说从我身上能看见我妈妈的样子，我不奇怪。”林晓鸣当然记得上次课程夏宇讲过什么，可正是因为记得，她才更加糊涂，“可我和我爸的性格除了喜欢读书，其他哪儿也不像。而且我的职业发展又特别顺利，您到底是怎么看出来的呢？”

“从你喜欢的人看出来的。”夏宇不再兜圈子，“你的三任男朋友，初恋和刚刚分手的宋磊，是你真心喜欢的，也因此付出很多的人。他们的共同特点就是富有才华，但是怀才不遇、事业艰难，需要你不断地从经济、资源等各个方面对他们进行资助。你有没有想过，为什么你总是会对这样的人产生好感呢？”

“这有什么特别吗？”林晓鸣眼里略有困惑，“被有才华的人吸引也很正常啊！有才华的人不都富有吸引力吗？”

“被有才华的人吸引很正常，但为什么那些有才华同时也大有所为的人，无法吸引你呢？”夏宇追问道。

“那些人又不缺乏观众和追捧者，我远远欣赏就好了啊！不需要去做迷妹吧？”叶阑之前问过林晓鸣相似的问题，所以这个答案她今天不用思考就流了出来。

“这很有趣。”夏宇倒也不反驳林晓鸣，“我可以理解，你只有在一个人的才华被你看见却没被这个世界看见的时候，才会被这个人吸引，对吗？而且你相信通过你对他的帮助，他的才华最终会被这个世界看见。”

林晓鸣手肘支在沙发扶手上，托着腮认真思考了一阵，然后望向夏宇道："我选择和他们在一起的时候，就是觉得他们有才华，并没有特别在意过我能否对他们有帮助。但是现实的呈现好像就是您说的这么回事。"林晓鸣叹了口气，无奈地说："只不过现在看起来，尽管我出钱出力的，但最后我谁也没帮上。"

"那是因为如果他们真的成功了，就和你心里认为最爱的人的生命剧本不同了！"夏宇一针见血地指出了问题的核心，知道林晓鸣不明其理，于是拿出一张纸画了一个倒三角形，并在三个顶点分别写上了受害者、迫害者、拯救者的字样（如下图）。

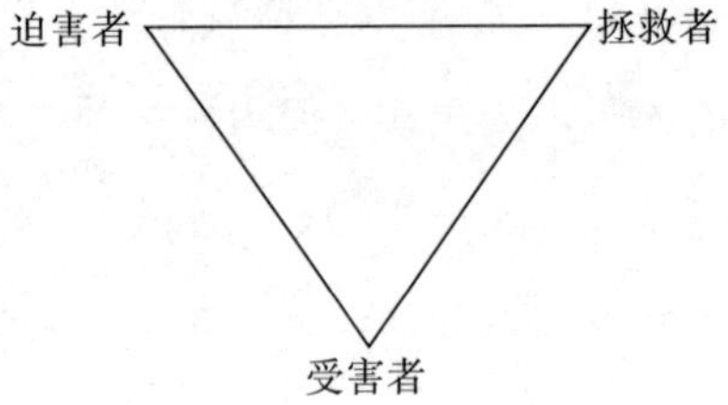


"这是史蒂芬·卡普曼的戏剧三角形，加拿大两性关系的老师克里斯多福·孟将其运用在亲密关系的解读上。基本上我们每个人的原生家庭成员间都充斥着这样彼此消耗的关系，而当我们成年后，就会将这种关系带入到自己的亲密关系当中。"夏宇的笔首先指在了"受害者"的位置，"作为孩子，我们通常都是从受害者的位置进入这个三角形的，认为自己的父亲或者母亲不爱自己，甚至伤害了自己。从之前处理你和母亲的关系可以看出，在你很小的时候，母亲在你看来是迫害者；父亲则一直很疼爱你，想必对你而言就是拯救者。”夏宇大笔一挥，分别在三角形的不同位置写上了父亲、母亲和晓鸣的字样（如下图）。

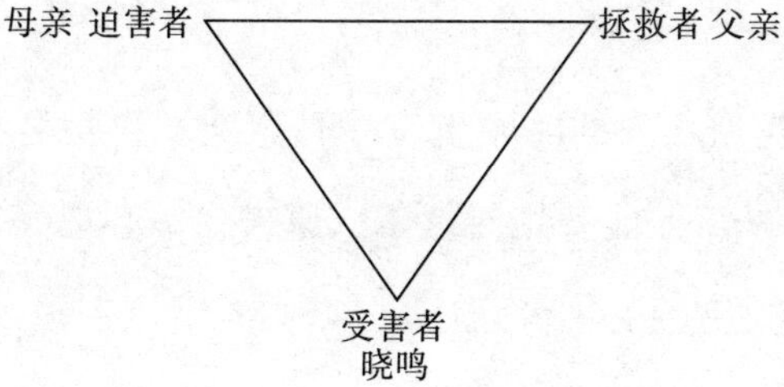


“随着你的成长，你开始逐渐与母亲对抗。但作为未成年的孩子，让我们直接成为迫害者，让父亲或者母亲成为受害者这是不能被我们自己允许的，因为每个孩子的内心都是深爱自己的父母，我们会把自己放在拯救者的位置，把父母当中比较弱势的一方放在受害者的位置。在你的原生家庭，父亲就是你认为的受害者。”夏宇将晓鸣和父亲之间做了交换的箭头，并用不同颜色的笔在新的位置重新做了标记（如下图）。

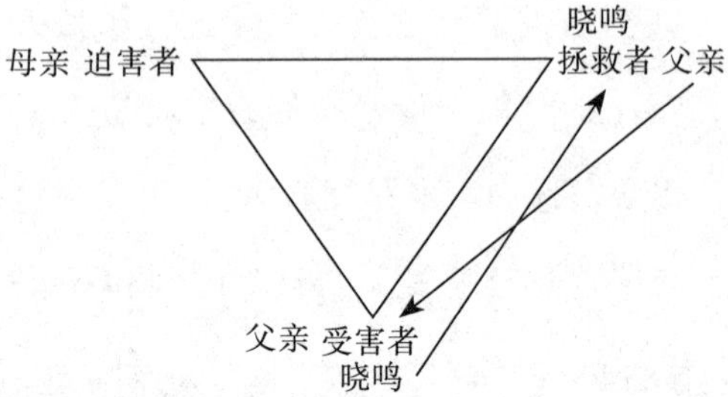


“难怪我七八岁的时候就有一种感觉，我要是不和我妈对抗，我们家就没人能和她对抗了，原来我一心把我爸和我哥都当成被我妈迫害的受害者啊！”林晓鸣看着夏宇画在纸上的图，回想起自己小时候的种种心情，不禁恍然大悟。

夏宇点点头，继续说道：“尽管你的表意识在与母亲对抗，但在你的潜意识层面，你也始终具备着爱她、认同她的力量。我想你母亲之所以在家里有强大的话语权，一方面是因为她和你父亲的性格使然，但另一方面，你父亲的事业不顺利也使得他自己有很多郁闷的情绪堆积在心里，觉得亏欠了妻儿，放弃了对家庭中很多事情的主张。在你母亲看来，父亲的人生是失败的，他没能更好地支撑起这个家。”

“嗯，”林晓鸣的神色有些黯然，“小时候有一次我爸妈吵架，我听见我妈说‘你这个大学生还没人家一个中专生混得好’，当时我爸就不说话了。这件事我印象特别深，觉得我爸被单位里的人排挤很可怜，长大以后也因为这个，特别心疼我爸。”

“你觉得父亲可怜，正说明了其实你完全接纳了‘父亲是个失败者’的观点。尽管看上去你始终和母亲在对抗，却依然在潜意识当中认同了她。因此，你会觉得如果能改变父亲失败者的状态，才能真正实现对他的拯救。”夏宇直言不讳地说道，“只不过，作为一个孩子，你想将父亲从失败者的困境当中拯救出来，那是万万不可能的。于是这就成了你无意识当中巨大的痛苦和遗憾，促使你一生都要不停地去努力弥补。”夏宇停顿了一下，看着林晓鸣一字一句地说道，“当你一次又一次地倾尽全力地去帮助你的男朋友时，其实就是在一次又一次实现着你幼年拯救你父亲的梦想。”

林晓鸣完全被夏宇的分析惊呆了，她愣愣地坐在沙发上，盯着图纸上的三角形发呆，半天才犹犹豫豫地道：“您的意思是说，我把我的男朋友都当成了我爸的化身？”

“确切地说，只有具备了像你父亲一样需要被拯救特质的男人，才能吸引你的关注，成为你的男朋友。你每一次拯救他们的行为，就是在弥补你潜意识中因无法拯救父亲，而对他产生的深深的愧疚和遗憾！”

“为什么？”林晓鸣倒吸了一口气，不由得问，“我为什么一定要拯救我爸？”

“一方面是我们婴幼儿时期对父母的爱和忠诚，让我们认为自己背负了让父母幸福的责任。特别是有些家庭在孩子成长的过程中，经常说‘都是因为你……’这类的话，更容易让孩子将父母生活的不幸自我归因，因此不断用讨好、牺牲等方法去迎合父母，当然这也同时反映出做父母的始终不愿放开对孩子的控制。另一方面，作为女性，人生的第一个异性就是自己的父亲，女性和父亲相处模式当中的核心伤痛，一定会在成年后复制到与伴侣的关系当中，而男性在亲密关系中复制的，则是与母亲相处模式当中的核心伤痛。所以，”夏宇停顿了一下，加重了语气，“想真正步入属于你的独立、幸福的亲密关系的前提，就是断开与父母不必要的能量纠葛。”

夏宇的话音结束了好一阵，林晓鸣才长长地呼出一口气，“以前我一直以为自己是心太软，见不得别人受难，实际上我是想通过拯救别人，来弥补自己内心的遗憾啊！”她定定地看向夏宇，“师父，那我如何断开与我父亲的能量纠缠呢？”

“我会通过一个引导式的催眠冥想带你进入你父亲的生命中，让你能够完整地体会他生命的感受，并在今天，把所有属于他的生命感受全部还给他。”夏宇站起身来，“这次的练习我们要站着完成，冥想的练习事项你都已经很熟悉了，这次唯一的不同在于，过程中我会引导你去链接身体上的一些感受，在那个时候，你要允许自己被身体引导而动，可能就是简单地调整一个身体的姿态，也有可能会想移动、行走，甚至更大的动作，没有一定之规，最重要的是看看你的身体需要怎样表达。”夏宇一边说，一边将在屋子中间的两张单椅移到了旁边，让整个空间更加完整、无障碍，并引导林晓鸣站到了中间。

“为了让你进入父亲的能量后更加稳定，我会直接以你父亲的名字称呼你，所以，”夏宇询问道，“你父亲的名字是？”

林晓鸣在纸上写下了“林卫国”三个字递给夏宇。

## 25 / 断开与父亲能量的纠缠

“晓鸣，如果你准备好了，可以闭上眼睛，同时把注意力放在你的呼吸上。每一次吸气，都将气息带入你的丹田，每一次呼气，都允许你将身体内不再服务于你的一切都排出体外。吸气，进入丹田，呼气，将不需要的排出体外……非常好。现在请随着你的呼吸，感受有光从你的头顶进入你的头脑，并顺势而下，流经你的心、你的丹田，最后经由你的双腿、双脚，流入大地。你感觉自己就像一个光的管道，始终与光的源头相链接，在呼吸间感受光的流转。

“现在，我们邀请你的父亲林卫国进入这个场域之中，他此刻站在你身体的右侧，当他靠近你，你有怎样的感受吗？亲近温暖，还是遥远陌生，或者你就是完全感受不到他的存在？无论你此刻体验到什么，都允许这种感受在你的身体内，与光合为一体，就这么自然地流经你……”

当夏宇说父亲站在林晓鸣身体的右侧，她觉察到自己整个身体的右侧都有一种无能为力的沉重感，作为一个成熟的习练者，她并没有太多的恐慌，只是跟随着夏宇的引导，让更多的光流经自己身体的右侧，允许这种沉重感流动起来。

“现在，当你准备好，请向右跨一步，进入你父亲林卫国的能量当中。此刻，在你的头脑中，你可以清晰地看见自己的面孔是林卫国的面孔……作为林卫国，你是如何呼吸的？你是如何思考的？你的身体又会有怎样的姿态或动作呢？”

当林晓鸣在头脑里看见自己的面孔转换成父亲的面孔之后，一种巨大的压力附着在她的后背上，像是要把她压塌一样，她不由得微微佝偻了身子，好让这个压力能够向背部下方传递一些。但这个姿势让她的呼吸无法下行，完全被封堵在胸口的位置，她忍不住抬起一只手按住了胸口，用力向下捋了几下，但却没有太大的作用，于是她不由得长出了几口气，企图把堵在胸口的感觉呼出体外。

“现在，作为林卫国，我邀请你向后转身，看向你走过的人生。在你身后的岁月中，有诸多的不如意，让你感叹命运的不公，可能是事业的坎坷，也可能是家庭的纷争……但同样，也会有那些令你难忘的幸福时刻，让你觉得为了这一刻，一切的付出都是值得的，好像你怀抱你的孩子，听到他第一次叫你爸爸，或者是你在某一刻获得了工作上的认可……我很好奇，当你回看你的人生旅程时，你首先会看到什么呢？”

林晓鸣转过身，好一阵时间她的眼前就像是蒙着一层灰蒙蒙的雾霭一般，没有任何清晰的画面进入她的视野。她的耳边，夏宇的声音时而响起，没有任何的催促，只是柔和地保持着场域的宁静：“不用急于找到那个画面，允许画面自然地流淌出来……作为林卫国，你生命中经历的最重要的时刻，究竟是什么呢？”

“我的儿子……还有女儿，”林晓鸣先是听到了自己咯咯的笑声，随后看见哥哥、妈妈和自己正在说说笑笑，林晓鸣心里浮起了一层温馨的暖意，笑容爬上了她的面颊，“我儿子考上了大学，我们一家人在庆祝……”

“非常好，”夏宇的声音沉缓而富有乐感，“我此刻心里有骄傲和自豪的感受，不知道你此刻有怎样的体验呢？”

“很开心，很自豪……”林晓鸣的声音明朗起来，“也很满足，我觉得我的儿女就是我人生最大的成就！”说话间，林晓鸣觉得自己后背轻松了许多，身体不知不觉间挺直了几分。

“是的，你的儿女就是你人生最大的成就。”夏宇适时地重复了一遍林晓鸣的语言，随后又追问道，“当你在此回顾过往的生命，你有什么遗憾吗？将这个问题通过呼吸带入你的体内，允许答案自由地浮现出来……”

林晓鸣将“遗憾”一词吸入身体，并允许自己的意识没有任何目标地飘浮着，直到她脑中浮现出了“开朗、交往”的字样，她一时有些不太明白这其中的意思，犹犹豫豫地重复道：“开朗……交往……”

“你是希望自己的性格可以再开朗一些，可以与他人多些交往是吗？”夏宇试探地询问道。

夏宇的话像是击中了林晓鸣的内心，她内心涌出了巨大的失落感，喃喃地道：“是的，如果我能够更开朗一些，更多地与他人交往，我应该能够有更好的工作成就……”

“我相信这里一定有意义，”夏宇应声道，“作为林卫国，你觉得内向、不喜交际对你的人生而言，曾经带来过哪些正向的意义吗？”

林晓鸣沉默了许久，轻轻摇了摇头：“我看不到。”

“作为林卫国，你平时最喜欢做什么？”夏宇突然转换了话题。

“看书。”

“这很有趣！看书，”夏宇微微笑道，“这难道不是一种很棒的和世界交流的方式吗？”

“嗯，”林晓鸣含蓄地笑了，“阅读的确可以带给我这种感觉，我可以到达任何想去的地方，和任何时间里的人交流。”

“你有影响其他人去读书吗？比如你的儿女、太太？”

“我女儿非常喜欢读书，”林晓鸣脸上的笑容更加灿烂了，“从很小的时候，她就会缠着让我读书给她听，现在反过来都是她推荐书给我读。我女儿很棒呢！”

“我相信是这样的，这真是太棒了！我能感受到你很是以她为荣。”夏宇声音充满温情，“女儿的人生得益于爱读书，而正是你把这独特的与世界交流的方式带给了她。”

林晓鸣突然有一种如释重负的感觉，她长长地呼了口气，内心的失落释放了不少。

“现在晓鸣，请转过身，做几个深长的呼吸，向你的左侧跨一步，完全回到林晓鸣的能量里，你可以轻轻地抖动你的双臂，帮助你更好地从父亲的能量中脱离出来，然后慢慢地睁开眼睛。”

片刻后，林晓鸣睁开了双眼，夏宇见她眼中有些雾气，于是抽了两张餐巾纸递过去：“我心里有一种感动，而你此刻有怎样的心情呢？”

“我一直知道我爸特别以我和我哥为荣，但没想到，我们俩是他生命里最大的辉煌。我回到我自己的身份里时，还是忍不住觉得我爸本来可以拥有更多的，心里为他遗憾。”林晓鸣轻拭了一下眼角。

“遗憾的意义在于反思过去，并指导我们如何修正此刻以及未来的行为，而非期待过去可以被改变。”夏宇望向林晓鸣，“但是晓鸣，作为女儿，你的遗憾来自于你的父亲，而并非属于你的，所以我们现在要将父亲的遗憾归还给他。”

林晓鸣的眼里写着“怎么归还给他”的疑问。

“晓鸣，请你转身面对着父亲刚才所在的位置，再一次闭上双眼，呼吸回到你的中心。请感受此刻父亲就站在你面前，他有什么样的表情或者动作吗？抑或此刻他正在与你说着什么？”

林晓鸣先是“听见”了父亲和她说“我闺女是个人物”，随后就“看见”了父亲笑盈盈的面庞。

“现在，请你跟随着我的语言，静默地在内心重复：‘亲爱的父亲，在与您的链接中，我再一次看见了您过往生命的艰辛，也感受到了您曾经生命的辉煌！这一切对我来说是如此熟悉，因为我的生命来源于您，所以我曾经将一切您的感受都认同为我的感受，无论这感受是痛苦或是荣耀。'

"'亲爱的父亲，我深深感谢您用您一生的经历抚育了我，滋养了我，无论物质抑或精神，您给予我的一切让我成了您的骄傲！但从今天起，我选择放下一切属于您的生命体验，将它们完整地归还给您，无论苦难、遗憾或伤痛……作为您的女儿，我已经能够为我的人生负担全部的责任，无须讨好您、认同您来找到自己生命的位置，更无须同情您、拯救您来体现自己生命的价值。您人生的经历属于您，而我也完全地回归到自己的生命能量里！'

"'亲爱的父亲，感谢您，选择了我作为您的孩子；也感谢我自己，选择了您作为我的父亲！我会始终深爱着您，就像深爱着自己一样！我会把我内心最好的祝福给您，就如同我祝福自己一样！'"

林晓鸣开始只是静默地重复着夏宇的引导，随后将双手捧在里胸口，待重复完最后一句，夏宇看见林晓鸣微扬起了脸庞，身体也有些轻微的晃动，周身的能量明显变得轻盈起来。

“晓鸣，现在邀请你的父亲走到你的身后，站在你的右侧，感受他的双手搭在你右侧的肩膀上，”夏宇见林晓鸣很自然地将自己的左手从前侧绕上，轻搭在她自己的右肩上，“在你父亲的身后，是他的父亲，你们家族所有的男性长者依次向后排列，他们都在将最好的祝福给你……”

片刻后，夏宇唤醒了林晓鸣，将她再一次带回到此刻的空间中来。

“师父，最后那个能量太强大了，”一坐回沙发，林晓鸣就迫不及待地和夏宇分享，“我感受到源源不断的能量进入我的身体，右边身体都有点儿麻麻的感觉，整个后背都觉得很热。”

“我也能感受到，来自于你的祖先给予你的祝福。”夏宇点点头，“还有什么感受或者感想吗？”

“现在我整个人都觉得很轻松，但同时也会觉得内在很有力量。”林晓鸣像是在思考什么一样，停顿了片刻，继续道，“师父，我现在再回想您一开始引导我进入我爸的能量，尽管我爸的人生也有遗憾，可是他已经自己调整了对生命的期待，他认为对他而言，生命中最重要的成就是我哥和我，这已经令他非常喜悦了。另外就算他的生命有遗憾，可是这些遗憾也在一定程度上带给了他生命的富足啊，让他享受阅读，也影响了我喜爱上阅读。所以，我为什么一直要盯着我爸生命中缺少的那一点儿去抱憾，而不选择为他生命所拥有的部分喝彩呢？！”

“非常棒！”夏宇两手轻击做鼓掌状，“这正是我要首先引导你进入你父亲的能量的原因——每个人生命里的限制，往往同时也是其所具备的资源，就像一个硬币的两面一样。如果我们始终盯着缺少的部分，就会失去对幸福的感受力。更何况时至今日，究竟还有多少过往工作上的成败困扰着你父亲呢？而你却始终紧抓着他的失败企图改写历史！”见林晓鸣有些不好意思地吐了吐舌头，夏宇沉声道：“晓鸣，我们爱父母最好的方式，就是尊重他们生命如是的样子，既不指责他们的无所作为，也不挽救他们的无能为力。因为这些都是父母原有的样子，在我们选择他们的时候，就已知一切如此了。”

“我选择了我的父母？”林晓鸣转了转眼睛，“我还以为我的出生是被动的，没得选呢！”

“在这个问题上，你也可以保留自己的意见。只是在我看来，与其认为自己是没得选，我倒宁愿这是一个双向的选择。”夏宇微微一笑，“不过，即便你是被动成了你爸妈的孩子，对于这个既成事实的‘被选择’，也唯有接纳，不是吗？”

## 26 / 感情的三个需求层次

四月的北京，早晚虽还有些寒意，但午间的暖阳开始唤醒这个城市。娇嫩的新绿才小露细芽，五彩的春花已斑斓了枝头。林晓鸣特别喜欢这个时节，空气里混杂着各种植物的芬芳，每一次呼吸，都成为让人陶醉的享受。

林晓鸣就是在这么个恣意享受春日周末午后暖阳的时候，接到了高朗的微信。她眯起眼睛，尽量遮挡着光线进入眼帘，以便能更清晰地看见手机上高朗发过来的照片。但由于室外光线太强了，她只能看清楚照片里一片蓝绿色的滑翔伞。

“北京的伞季开始了，有没有兴趣一起啊？”高朗的文字跟随而来。

老实说，林晓鸣已经忘了滑翔伞的事情。机场一别后，高朗曾经连着给她发送一些关于滑翔伞的知识和入门技巧，弄得当时林晓鸣着实心痒。但毕竟北京尚在冬天里，飞伞显得还很遥远。后来工作上的事情越来越多，林晓鸣对于高朗推来的微信文章也没时间一一阅读，有时过好几天才想起点开看，连谢谢都回复得不够及时，高朗的信息也就慢慢少了。今天不知是不是因为开始飞伞了，让高朗又想起了林晓鸣。

“这是在哪儿呢？”林晓鸣不知是被这春日的暖阳诱惑了，还是被高朗发的图片怂恿了，她的滑翔伞梦想突然高涨起来。

高朗推送了个定位过来，林晓鸣点开地图，开车过去也就一个小时的车程。她想都没想就拿着车钥匙出门了，权当给自己安排了个春日郊游。

林晓鸣到达练习场的时候，高朗刚好从山上飞下来，只见他不断旋转以降低高度，然后就像一只大鹏一样从林晓鸣头顶上空划过，在不远处的降落场落地后快速旋转身体，头顶的滑翔伞徐徐在他的面前落下。

“哇，好帅！”林晓鸣一路鼓着掌走向高朗，“看起来比视频里还漂亮！”

“谢谢。”高朗笑得露出一口白牙，“等会儿我们坐俱乐部的车上去，我介绍我教练给你认识，他才是真的飞得棒呢，简直是上了天就能不下来！”

林晓鸣看着高朗收伞、装包，然后把伞包背在身后，有点儿咋舌道：“这么大个儿，我背得动吗？”

“所有装备都有超轻的，而且你本身体重轻，需要的伞也会比较小。”高朗耐心地解释道。

两人乘坐着俱乐部的吉普车一路摇晃着到达了山顶，林晓鸣见到了高朗的教练蒋欣。蒋欣的年龄比高朗还小两岁，但玩滑翔伞却已经十几年了。对于林晓鸣的问题，蒋欣总能言简意赅地清晰答复。40 分钟之后，唯一令林晓鸣心存畏难的居然是玩滑翔伞很可能会变黑的问题。

“你这么白，黑也黑不到哪儿去啊！”高朗怂恿着，边开玩笑道，“再说，如果你真变黑了，正好考验一下你男朋友对你是不是真爱啊！”

“问题是我变黑了找不到男朋友怎么办？”林晓鸣斜着头问高朗。

高朗见林晓鸣的语气不像是开玩笑，眼中闪过一丝惊诧，一时倒不知怎么接话才好。好在林晓鸣也没想等他的答案，一个人托着腮帮子发了会儿呆，手一挥：“管他黑不黑呢，先飞上天再说！教练，我现在就交钱！”一副视死如归的样子。

林晓鸣一头扎进了滑翔伞的学习里，工作之余的所有时间，不是在网上查技术资料，就是各种看装备。高朗全方位支持她的滑翔伞学习，无论何时，只要林晓鸣提问，高朗一定是知无不言，言无不尽。两个人的联系也一下子热络起来，每天少说也会有半小时的交流。

林晓鸣和夏宇提起高朗，是在学习滑翔伞一个多月之后的一次面谈时。在此之前，提起她最近的滑翔伞生活，她都是用“我朋友”来指代高朗。而这一次，林晓鸣进门没多久就询问夏宇她现在的状态是否能够谈恋爱了，夏宇则笑盈盈地反问她，恋爱对象是不是那个玩滑翔伞的朋友。

“您就是福尔摩斯转世啊！什么都瞒不过您老人家的法眼。”林晓鸣一脸服了的表情。

“虽然你提到他的机会不多，但基本上你每次和我谈到滑翔伞，都会提到你的朋友，可见这个朋友是和滑翔伞一样令你兴趣盎然的。”夏宇眨了眨洞察一切的双眼，“但要说到谈恋爱，先让我们抛开你的这个朋友，为你梳理一个伴侣的需求清单吧！”

“伴侣需求清单？听着怎么像购物清单一样？”

“理解基本到位，”夏宇双手放在沙发扶手上，气定神闲地说道，“只不过前者用于甄选伴侣，后者用于扫荡超市。”

“啊？”林晓鸣毫不掩饰自己的失望，“师父，找男朋友是靠看单子捋吗？听起来好扫兴啊！”

“那依你的意见，怎么找男朋友才算尽兴呢？”夏宇轻笑道。

“总该先有感觉才对吧？怦然心动、充满期待……然后一起吃饭、喝咖啡，逐步加深彼此的了解……”

“嗯，”夏宇看似同意地点着头，“那你能说清楚，面对什么样的男人你会有感觉呢？”

“呃……”林晓鸣一时卡了壳，吭叽了半分钟，最后嘟嘟囔囔地说，“感觉都是随心而动的啊！怎么可能事先说得清楚呀！”

夏宇故意用眼角瞄着林晓鸣揶揄道：“照你这个随心而动，那最后很可能就变化成随荷尔蒙而动了。”林晓鸣听闻嘿嘿干笑了两声，夏宇见状调整了语气，“晓鸣，你是个营销的高手，你告诉我，如果一个项目没有准确的客户定位，就算它投入很大，各方面都做得很好，进入市场后它就一定会很抢手吗？”

“那当然不一定了，这么做项目全靠碰运气，市场环境特别好的时候可能行，但成功的概率和赌博差不多。”不管什么时候说到专业的问题，林晓鸣立即就变得严谨而富于逻辑。

“是啊！一个项目想要成功销售，前期的定位都是关键性的要素，那一个人想要找到一辈子的幸福，这么巨大的事业，怎么会不需要为自己做个市场定位，看看准客户在哪里。”看着林晓鸣欲言又止的样子，夏宇了然道，“我知道你的小脑袋瓜里在想什么，你一定在想‘如果这样找男朋友，就算找到合适的，也不浪漫了’，是不是？”

“对呀！”林晓鸣本来不想暴露自己的少女心，但既然已经被夏宇看透了，也就不再隐藏，“好的爱情不就是遇见那个一直等着自己的人吗？怎么到您这儿‘遇见’就变成‘谋划’了！”

“一看就是个被影视剧和言情小说洗脑的姑娘。”夏宇轻笑着摇摇头，“在我看来，好的爱情就是找到那个适合你的人。茫茫人海，你要多幸运才能一头撞见所谓等着你的人，你又怎能确定他不是在等别人呢？幸福不是靠一个一个人试过去，而是知己知彼地定向搜寻。否则，你所期待的浪漫常常只是由荷尔蒙主演的开场剧，结局却可能演变成一场彼此消耗的灾难片。”

“哦！”林晓鸣虽然还有点儿不甘心，但也觉得夏宇说得中肯，想想自己过去的失败史，干脆闭嘴不语，专心听夏宇后面的话。

“所有情感，都会有三个层次共鸣的需求。第一层次在于双方的兴趣爱好层面，你们喜欢吃什么，看什么类型的电影，听什么样的音乐，爱好怎样的体育运动……这个层次的需求是爱情产生的基础，就像你和……”夏宇拖长了尾音，用眼神询问着林晓鸣，她立刻接口说出了高朗的名字。夏宇点点头，接着道：“就像你和高朗这个阶段，就是基于滑翔伞这个共同兴趣爱好的共鸣，彼此才开始关注对方。因为这个层次的需求所处的位置在情感的最上层，最容易被看见，因此经常会被认为是最重要的。你之前所谈到的‘浪漫’‘好的爱情’‘一直等你的人’，多数都集中在对于这个需求满足的幻想中。”

林晓鸣侧着头想了想，好像的确是这么回事。

“第二个层次，在于双方的世界观、人生观、价值观，也就是三观一致。这个层次的需求是在双方深入交往的过程中逐步展现的。你们对于一件事情的看法、反应、行动的方案，对于两个人共同事情的意见和态度。这个层次的需求在恋爱中后期的作用会凸显，如果双方三观一致，需求满足度高，这段感情进入婚姻的可能性就会加大。

“第三个层次，是双方对于婚姻、家庭的内心期待。这个层次的需求隐藏得非常深，往往在进入婚姻后若干年才会逐渐露出端倪，而且随着两人共同生活时间的延长，这个需求本身还会不断发生变化。这部分的需求和我们之前一直在探索的原生家庭直接相关，我们在原生家庭中未被满足的部分，常常就会成为我们对于现在婚姻生活的期待。随着我们在婚姻生活中逐渐成长，无论原有的期待是否被满足，都有可能演化出全新的期待。如果这个层次的需求无法被满足的话，婚姻就很容易因为这样或那样的问题而破裂。"

夏宇的感情三层次共鸣需求理论，听得林晓鸣瞠目结舌，半晌才长出了口气道："师父，结个婚这么复杂啊？！您要是在我二十岁的时候对我说这些，我连谈恋爱的勇气可能都没有了。"

"如果真在你二十岁的时候和你说这些，估计你也听不进去。不管不顾一头扎进自己臆想的爱情里，这是二十岁的权利，也是人生体验。但如果三十岁了还这样恋爱的话，就是人生闹剧了。"夏宇直言不讳地说道。

"那我对伴侣的情感需求应该如何制订呢？"

"依照这三个需求层次，分别罗列你自己的需求，"夏宇拿出一张纸递给林晓鸣，"先做加法，尽量将自己想要的都写出来；再做减法，最终每项需求找出三条你认为最重要的；最后综合考量，将剩下的所有需求，依照重要程度从重到轻排列。"

# 27 / 恋爱经济学

林晓鸣列了个表格，边想边写。听上去不算复杂的三项内容，真写出来却让她颇费了点儿心思，特别是第三个层次对于婚姻的内在需求，她琢磨了很久，回想了自己小时候对父母生活的评判，又结合自己之前感情当中经历的冲突，最后好不容易总结出几条。交给夏宇看的时候，她由衷地感叹道："原来想搞清楚自己想要什么是这么难的事情啊！"

林晓鸣的情感需求表

| 兴趣爱好 | 世界观 / 人生观 / 价值观 | 对婚姻的内在需求 |
|---|---|---|
| 不赶路的旅行 | 对人生有好奇心，乐于体验 | 有包容心 |
| 读书 | 有金钱的欲望，但不为钱所困 | 可以看见对方的价值 |
| 古典音乐 | 一切都会尽全力而为 | 尊重对方 |
| 喜欢美食（爱尝试） | 善良 | 承担自己的责任 |
| 有挑战性的运动 | 保持积极正向 | |
| 看电影（恐怖片除外） | | |

“的确不容易，因为你学习了一段时间，对自己的内在已经具备相当的认知，所以才能这么快完成这个表格。这张纸你要保存好，过一个阶段，你可以拿出来看看，有没有什么新的条件需要补充，这对于观察你自己有极大的帮助。它也能从侧面提醒你，你的情感生活是否存在问题需要你的关注。”夏宇看完林晓鸣的情感需求表，还给了她，“现在你可以做减法了，每项内容中挑出三条你认为最重要的。”

这一步让林晓鸣犯了难，面对自己反复斟酌的需求，她觉得哪条都是不可或缺的。林晓鸣对着需求表抓耳挠腮，夏宇倒是在一旁悠哉悠哉地品着茶，一副事不关己的样子。

“师父，第三项真减不下去了，我一共也就写了四条，不减了行不行。”林晓鸣把表递过来，央告着夏宇。

夏宇低头看了一下表格，见林晓鸣在第一项保留了“不赶路的旅行”“读书”“喜欢美食（爱尝试）”三条；第二项保留了“对人生有好奇心，乐于体验”“有金钱的欲望，但不为钱所困”“保持积极正向”三条；第三项内容如她所言，一条都没删。

“做减法的目的，是让你找到自己的边界，也就是哪些需求是你在处理双方冲突的时候一定会坚持的，就像我们捍卫领土完整一样绝不容侵犯。你的保留项目越多，你的围墙树得就越高，被触及的可能性也就越多，你可能会经常面临着做抉择的时刻。所以，”夏宇又把表推到了林晓鸣面前，“依照这个标准，你觉得哪条可以被删除呢？”

林晓鸣恋恋不舍地划掉了“有包容心”这一条。夏宇点点头：“下面可以依照重要程度排出次序了。”

林晓鸣另外拿出一张纸，反复修改了三遍，才最终确定了排序方案，依次是：1. 保持积极正向；2. 尊重对方；3. 承担自己的责任；4. 可以看见对方的价值；5. 对金钱有欲望，但不为钱所困；6. 对人生有好奇心，乐于体验；7. 不赶路的旅行；8. 读书；9. 喜欢美食（爱尝试）。

排序的方案确定了，但林晓鸣总是觉得缺了点儿什么，反复看了两遍，她突然意识到问题出在哪里了，看向夏宇问道："师父，我落了重要的一条，但是觉得写哪儿都不适合啊！"

"哦？说说看是什么。"夏宇饶有兴趣地问道。

林晓鸣眨眨眼，一脸堆笑："您知道我一直都是'外貌协会'的成员，男朋友就算不能长得像明星，但也一定要对得起观众啊！这'好色'一条该写在哪里，又该如何表达呢？"

夏宇被林晓鸣的措辞逗得哈哈大笑，他抬抬眉调侃道："就在你的'兴趣爱好'里写上'好色'呗！"

"啊？"林晓鸣半张着嘴，"这也太赤裸裸了！还写在兴趣爱好下面！"她双手捂脸，连连惊呼没法见人了！

夏宇收了笑，正色道："晓鸣，这张需求表是写给你自己的，所以真实表达最重要。任何不必要的修饰都是模糊你视线的面纱，让你在选择的时候，看不清自己的所需，所以未来你每一次修正这个表格的时候，都要谨记这一点。至于'好色'，"夏宇的语气又轻松了起来，"这也没什么见不得人的啊！现在招聘还有形象气质佳的要求呢，我看你也可以套用这句话。"

林晓鸣依照夏宇的建议，乐滋滋地在"兴趣爱好"中增加了一条，替换了“喜欢美食（爱尝试）”。

“排序的意义，是让你找到重中之重。”夏宇指指林晓鸣手里的单子，“找到一个能满足你全部需求条件的人是非常困难的，如果能符合前三条，他就是值得考虑的人选；如果在此之外，还能增加两三条的契合度，这个人就值得你好好珍惜；如果真能找到一个人，满足你这九条需求，你们年轻人有一句话怎么讲来着？”夏宇用手指轻戳着额角，努力在头脑中搜索着所需要的语言，忽然打了个响指，“对了，就是‘你上辈子一定拯救了银河系’！”

林晓鸣先被夏宇得意的样子逗得笑出了声，尔后问道：“您之前不是说这三个层次的需求都是我们希望通过婚恋被满足的吗？现在怎么又说不可能有人满足我的全部需求呢？那我写这么多有什么意义，您不如一开始就让我写三个条件算了。”言罢故意嘟起了嘴，摆出一副不太开心的样子。

“晓鸣，不是说不可能有这样的人存在，而是说如果一定要找到百分之百满足条件的人，我们需要花费多少时间？同时具备这样条件的人，他又会有着怎样的择偶需求？你要知道，选择终身伴侣与你所熟悉的商业成交没有太大的差异，只有双方都能满足对方心目中的价值标准时，长久稳定的‘贸易关系’

才能形成。否则，即便因为这样或那样的因素一时‘成交’了，最后还是会更换‘贸易伙伴’的。就像已逝的戴安娜，全世界都觉得她是最完美的王妃，只可惜查尔斯王子没有认可她作为自己爱人的这部分价值，所以他们还是难逃分离的结局。”夏宇停下来喝了口水，接着道：“另外，我们列这样的需求清单，还有个非常重要的目的，就是自检。通过我们对伴侣所设置的条件，看看自己是否已经成为了这样的人——人人都希望自己的另一半潇洒多金又体贴，但却没考虑过自己是不是貌美财多又温柔。现实生活中，双方条件看上去明显不对等的感情互动，多数都是骗局，即便有时候王子真是爱上了灰姑娘，但结局常常上演受制于家人等外部原因的胁迫而无法兑现承诺的悲剧。说到底，没有对等人生的婚恋，就是镜花水月的幻影。”

林晓鸣托着腮帮子认真地听着，突然插嘴道：“我怎么感觉您说着说着，就成了门当户对了啊？！”

“对等的人生不仅仅指门当户对。”夏宇纠正道，“门当户对强调的是两个人原生家庭状态的匹配度。现代社会的高速发展，给很多人带来了机会，只要你足够勤奋并能抓住机遇，就有可能创造中产逆袭的故事，进入到更高一个阶层去谈婚论嫁，这并非不可。说到底，婚恋是一场关于相貌、性情、人品、资产、成就、资源的综合配对。那些看起来让人心生艳羡的亲密关系，两人的各项品质虽然各有长短，但中和后基本上都是均衡的。你可以回想一下身边那些感情始终两情相悦的朋友，是不是都有这样的特点？”

林晓鸣把自己身边仅有的三五对儿感情不错的夫妻扒拉了一番，觉得基本上就是夏宇说的这个情况，“但相貌、性情、人品、资产、成就、资源的综合配对与我之前梳理的情感需求表又有怎样的关系呢？”她不由得追问道。

夏宇最喜欢林晓鸣学习起来较真儿的劲儿，他赞许地点点头，“两者的维度不太一样。前者是共性的，有社会化的标准和普遍认知，是幸福婚姻的必要非充分条件；而后者是个性的，属于你自身的需求，是幸福婚姻的充分必要条件。所有对于婚恋没有太多思考和认知的人，潜意识都是遵从相貌、性情、人品、资产、成就、资源来评判自己的婚恋对象，也就是说，你的男朋友很可能是用这些条件来判断你的价值的；但你作为未来的情感专家，为自己寻找伴侣，自然应该有更清晰的需求不是吗？”

“我算哪门子的情感专家？”林晓鸣眨眨眼，调皮地说，“您先帮我把终身大事解决了，我和专家的距离就进了一步。不过您讲的这些东西，还真是让我大开眼界。我觉得每个大学都应该开一门类似的课程，教教大家究竟应该怎么谈恋爱。课程名称就叫……”她停顿了一下，歪着头想了想，“就叫‘恋爱经济学’！”

“行，我先让你这位情感专家结了业，然后我就去和学校申请这个课题，由你来现身说法。”夏宇的口气半认真半开玩笑，吓得林晓鸣一个劲儿地摆手，就像马上就要让她上讲台了一样，逗得夏宇哈哈大笑起来，“课讲不讲再说，这恋爱现在是谈还是不谈啊？”

“当然谈啊！这不听您安排怎么谈呢嘛！”林晓鸣连忙接口道，“刚才我又在心里过了一遍自己的需求表，客观地讲，除了‘尊重对方’这一条我自己觉得还有待改善以外，其他大部分我都能做到八十分以上的程度。而且就尊重这方面而言，我并非有不尊重对方的想法，只是我的态度或者方法有可能会让对方不舒服，这个问题我在和宋磊分手后很认真地反省过。”

“嗯，”夏宇点点头，“我刚才看过了，你的需求和你自身的条件还是相当匹配的，所以我们不用花精力去解决错位的问题。现在就要看看你的意向男友高朗是不是可以满足你的需求了。”

“我刚才写的时候就想问您这个问题，”林晓鸣一脸百思不得其解的表情，“我怎么才能知道对方是不是满足我的需求啊？”

“这不就是约会要做的事情吗？”夏宇满眼笑意，“约会的意义不是花前月下的卿卿我我，而是去了解对方是不是自己要的人。”

“吃顿饭、喝喝咖啡的工夫，了解这个人喜欢什么、不喜欢什么倒不难，但要想知道他是不是能够尊重我、能否承担起自己的责任，这难度有点儿大吧！”林晓鸣托着腮帮子，一副愁眉苦脸的样子，“就算他说他能承担自己的责任，我也无法全信呀！”

“彼此完全陌生的男女见面，也是吃饭、喝咖啡，所以我觉得想要确定关系，最好的约会方式是来一趟有点儿挑战的近郊游。一方面，路途上你们有更充分的时间交流；另一方面，你有更多的机会看到他应对问题的方式和方法，比如他开车时的心态、遇到麻烦的时候他会如何反应，或者在一些有点儿危险的地方他会如何对待你。一定要当天往返，你需要看看在归程比较疲劳的时候，与去程时精力充沛的时候相比，他做事、说话是否有很大的反差。记住，”夏宇加重了语气，强调道，“一定要设计出一点儿小挑战，这不仅能让你看出他为人处世的方式，更重要的是，也会让他对你生出更多爱意。”

“真的吗？”林晓鸣满眼惊奇，“需要什么程度的小挑战啊？不会需要我坠落悬崖之类的吧？！”

“我让你设计个小挑战，你这是直接要玩命啊！”夏宇啼笑皆非，“找一小段需要手脚并用的徒步线路，或者需要一直爬一直爬的台阶，或者去走那种很高的玻璃天台……只要那个环境可以引起对方的情绪波动就好了。如果他心理太强大，对这一切都毫无反应，那就要看你的演技了——你要显得很慌乱，看看是否能让他的情绪受到轻微的波动。”

“我手忙脚乱地都把他情绪整波动了，会不会显得我太蠢？他还能爱上我？”对于一向英雄惯了的林晓鸣来说，夏宇的要求显然有悖于她自己的形象定位。

“这并非什么新兴的理论，美国上世纪七十年代中期科学研究的结论已经明确‘情绪唤起和性吸引之间有着强烈的联系[4]，如果你们的谈话内容里加入了一些关于刚刚经历的境况中惊恐、焦虑的分享，是能够让你们更加亲密的。”夏宇淡然地解释道，

4　理论来源于《高度焦虑状态下性吸引力提高的几个证据》（D.G. 达顿、A.P. 阿伦著）。

“作为女性，你在第一次约会的时候表现得稍微柔弱一点儿，并不会损伤你的形象。反倒是如果你处处显得比这个男人冷静、果断、机敏，恐怕约会回来男人就把你当哥们儿来处了。”

# 28 / 第一次约会

六月第一周的周末，林晓鸣和高朗一起去了怀柔的水长城附近徒步。

在此之前，林晓鸣算是做足了功课。徒步的线路是叶阑的老公沈国清给选的。作为一名资深的驴友，水长城一带是他平时没事儿就负重锻炼的基本线路，他对这条线路上一草一木的熟识程度，甚至超过对他们家厨房收纳摆放的了解。周五晚上，林晓鸣就泡在叶阑家，让沈国清把所有可能制造情绪波动的地点一一描述给她听，并在头脑中规划了一个大概的方案。

高朗原计划六月开始，周末带林晓鸣去崇礼飞伞，但约她时间的时候，得知她六月要开始督战半年销售业绩冲刺，周末能休息一天就算不错了，心里不免有些遗憾。和林晓鸣密切接触的这一个多月时间，高朗对这个漂亮、开朗又独立的女孩很是欣赏，在享受了快两年的单身生活之后，突然萌发了是不是应该交个女朋友的想法。他有两次在微信里半开玩笑地让林晓鸣做他的女朋友，第一次的时候林晓鸣只是反问了他怎么会没有女朋友，而第二次则是回复给他一个思考的表情，搞得他有点儿摸不清林晓鸣的想法。所以当林晓鸣提出去水长城小徒步的时候，高朗欣然同意，想着通过这次郊游，把两人的关系明确下来。

春末夏初的北京，正是适合郊游的好天气。早上八点两人开上了高速，离出京的收费站起码还有一公里的路程时，汽车就已经排起了长龙。林晓鸣看了看手机地图上长长的红线，不由得叹了口气，叨咕着没想到周末会这么堵车。

“每年从五月下旬到十月上旬，京承高速周六出京、周日返京必堵车。”高朗倒是一切了然于胸的平和，“我要是周末出京，一般七点前肯定出收费站了。不过昨天我想了想咱们的行程，实在没必要赶那么早出发，堵车也就多半个小时，出了收费站就好了，这样你早上还能多睡会儿。”

“你堵车不烦吗？”林晓鸣自己最烦堵车，见高朗一副怡然自得的样子，有点儿好奇。

“玩儿是件高兴的事儿，没必要自寻烦恼。”高朗笑了，露出一口白牙，“不想堵车就尽量规划好，早起或者赶夜路，错峰肯定就不堵车了。再说了，就像咱们这样已经堵上了，再烦心不就是堵上加堵。你要是看着心烦，不行就睡会儿。我记得手套箱里应该有个充气的护颈枕，你可以吹起来垫在脖子上。”高朗边说边探身拉开了林晓鸣前面的手套箱，从里面摸出一个小包递给了她。

“哥们儿心态不错啊！是个会玩儿之人。”林晓鸣心想，嘴上却什么也没说，把充气的护颈枕吹起来，垫到了脖子下面。

正如高朗所说，过了收费站，很快就一路畅通起来。一个多小时的车程便到达了水长城。停好车，两人顺着依稀的山路向山顶的长城进军。

与林晓鸣比起来，高朗俨然是一个户外运动的行家，不仅浑身上下的行头是专业的，就连背包里的装备都是做足准备的，三升的水背在他身上显得毫不费力的样子。林晓鸣看了看高朗这阵势，觉得今天选的这么条初级路线估计很难搞乱他的情绪，计划看来是要落空，不如就踏踏实实地享受这里的阳光、空气和水吧！

两人爬到半山腰，见林晓鸣已经开始气喘吁吁，高朗建议休息一会儿喝点儿水再爬。林晓鸣闻言连连点头，一屁股就坐在了地上，多一步都不想走了，心中暗想夏宇出的这个主意太不适合自己，没搞乱别人，先把自己整崩溃了。走到现在高朗连大气都还没开始喘，她的情绪已经波动了几个来回了。

高朗递过水，随后掏出了黄瓜、牛肉干和能量棒问林晓鸣要不要吃点儿补充补充体力。林晓鸣摇摇头，她并不饿，但很好奇高朗的背包里还有什么东西。

“其他就是点儿简单的急救的东西。”高朗掏出个小的急救包，“咱们走的不是正规的线路，虽然不是很凶险，但是带着点儿有备无患。”

“高朗，你人生遇到的最大的意外事件是什么呢？”看着高朗充足的准备，林晓鸣突然心血来潮地问。

“高考失利。”高朗一边把东西放进背包里，一边说道，“我一直是奔着清华去的，但考前三天我开始高烧，一直烧进考场，结果就直接烧掉了五十分，落到了北工大。当时还是挺痛苦的，在同学面前都觉得低人半头，天天把自己关在房间里，什么人都不愿意见。”

林晓鸣同情地“哦”了一声，追问道：“那后来呢？”

“大一的前半年都是浑浑噩噩的，觉得自己前途一片灰暗，学得好不好都无所谓了，整天就是混日子。第一学期快结束的时候，高中的一个同学来学校找我，看到我的样子显得特别震惊，先是说我，说着说着就哭了，说没想到自己喜欢的人变成了这样。我当时就傻了，这个同学是我们高中时候的校花，学校里好多男生追她，我想都没想过她会喜欢我。后来，她就成了我的女朋友，我好像又找到学习动力了，大学也算刻苦，后来我们一起去墨尔本读的研究生。”高朗的语气很平静，像是在说别人的故事。

林晓鸣点点头，继而歪着脑袋有点儿好奇地问：“你介不介意说说你们为什么分手啊？”

“第一个女朋友吗？”高朗站起身背好包，伸手把林晓鸣拉了起来，“咱们边走边说吧。”山路有点儿窄，他让林晓鸣走在前面，自己跟在后面，“她移民了。在国外读书的时候，她就说喜欢那里的生活环境，但我觉得国内的发展会更好。我们谁也不能说服谁，就和平分手了。”

林晓鸣没有再搭话，她心里暗暗佩服高朗嘴里的前女友，那么坚定自己的想法，如果同样的事情发生在过去的她身上，她知道自己一定是那个会妥协的人。即便是现在的她，是不是真的就有说走就走的勇气呢？她内心也并不太确定。林晓鸣想得有点儿出神，忘记看脚下的路，被块凸起的石头绊了一下，脚下一个踉跄，整个人就照着山下的方向栽了出去。

“啊……”林晓鸣惊恐的叫声才冲出喉咙，却发现自己已经被高朗抓住了手臂。但她身体下栽的加速度还依然保持着，高朗不得不加大了力度，一把将她拽到了怀里。

“没事儿吧？”高朗看着怀里惊魂未定的人儿，“走得好好的怎么突然就栽出去了，太吓人了。”

林晓鸣脸都吓白了，虽说下面不是悬崖，可如果她真是脸朝下栽下去，不知道会顺着山坡滚多久才能停下来，想想都是一身冷汗。她整个人还在慌乱中，一时不知道说什么好，只是摇着头表示她没事。

“走山路注意力都要放在路上，千万别想事情。”高朗轻轻拍着林晓鸣的后背，想让她情绪舒缓些。半晌过后，林晓鸣才回过神来说谢谢。

“还想往上走吗？还是走回山下找个地方吃吃喝喝，给你压压惊？”高朗低头询问林晓鸣的意见，“这山里有个味道相当不错的水库鱼。”

林晓鸣抬起头，突然意识到她还在高朗的怀里，本能地想要向后退两步，但立刻感受到高朗加大了圈着她的手臂的力度。随后，高朗打趣的声音在她耳边响起：“小姐，这是在山路上，拜托你先回头看路再退步。还是说你脸朝下摔没成功，打算再脸朝上摔一次试试？”

林晓鸣扭脸瞅了一下身后，距离自己后脚跟不到二十厘米，也是一块凸起的石头。“这回可真是糗到家了，”林晓鸣心中暗想，“完全不用表演，现在可是真慌乱了啊！”她有点儿尴尬地回过头，一时不知该说点儿什么来化解这难堪的境地，嘴里吭叽了两声“我……”就再也说不下去了，最后只是嘟囔了声谢谢，便低下了头。

高朗看着林晓鸣脸上那一抹娇羞的表情，觉得甚是有趣。这个自信又聪慧的女人还有这样慌乱的时刻，倒是让他觉得有几分可爱。

“我在微信上说的都是认真的，”高朗忽然附在林晓鸣的耳边说道，“做我的女朋友吧！”

尽管两人都已暗生情愫，但高朗突然的表白，难免让林晓鸣心如鹿撞，加上之前的慌乱，于是低着头只是沉默。她站在离高朗只有十厘米距离的地方，可以清晰地感受到高朗身上传递出的强大的安全感和男性的力量，这让她的心逐渐安定下来。

片刻后，林晓鸣忽然抬起脸，露出她调皮的笑脸："我如果说不行，你会不会现在就松手让我滚下山去？"

"不，"高朗狡黠地挤挤眼，"我马上带你下山，让你看着我吃水库鱼，但就不许你吃。"

## 29 / 女性的卑微

林晓鸣陷入了热恋中。

所有人都能看得出林晓鸣的变化，从她看微信掩饰不住的笑容里，从她接听电话甜蜜的声音里，从她自内而外散发出的光彩中，无处不流露着恋爱中女人的小确幸。和高朗的进展看上去格外顺利，两人各方面都很合拍，不到两个月的时间，都融入了对方的朋友圈，甚至互见了对方的家长，大有好事将近的势头。用叶阑的话讲："谈了那么多次恋爱，也不能都白谈了，总应该知道什么人是对的吧！遇到了就要抓住，否则你不抓，自然就有别人来抓。"

对于结婚这件事，林晓鸣没有太过迫切的想法，她甚至觉得如果不要孩子的话，一辈子不结婚也没什么，说到底她要的是一个愿意陪伴在她身边的人，不是因为婚姻而不得不留在她身边的人。更何况现代社会的离婚率都快赶超结婚率了，说明靠一张纸也无法拴住一个人的心。每当林晓鸣说这个观点的时候，叶阑就骂她是人生太得意了，才会相信这些不接地气的理论，爱情最后都是亲情，有没有这张纸的力度是完全不同的。

所以，林晓鸣从没想过她和高朗第一次闹别扭，居然会是与结婚有关的话题。

那个周末因为下雨，两人就哪儿也没去，泡在家里。午饭林晓鸣弄了两个素菜，蒸了一条鱼，她的厨艺已经成了高朗迷恋她的理由之一，甚是治愈高朗长期应酬饭局的胃。两人吃得心满意足，坐在饭桌边聊闲天。

昨天地产圈里最劲爆的八卦就是排名前十的大集团 CEO 的女朋友未婚先孕，逼婚不成，两人反目成仇的消息。因为女方是地产媒体圈里的人，自然是新闻传播的高手，于是圈内的消息一轮接着一轮，CEO 的各种前科以及上位内幕都成了这两天大家津津乐道的话题。

高朗听林晓鸣眉飞色舞地讲了二十分钟，摇头笑道：“真够热闹的，贵圈也是够乱的，与娱乐圈有一拼。”见林晓鸣要动手收拾碗筷，站起身道："你做饭忙乎半天了，我来弄吧。"

林晓鸣走到早餐台旁边，一边看着高朗收拾，一边道："你不知道，这女人可是个狠角色。几年前公司有个项目得罪了她，她那个不依不饶啊，天天在各种平台上翻着样地爆那个项目的负面新闻，最后听说公司买了一百五十万元的年度广告这才了事。"她说着拿起台子上的一包瓜子，有一搭没一搭地嗑着："这次怀孕好像也是她自己整了个局，能让王总这么个'老江湖'都被设计了，当真不简单！"

"男女之事外人说不清楚，"高朗一边刷着碗，一边回应着，"但这种女人，就为一己私利，能弄出条人命来威胁别人，我看也不是什么好人，没人娶她那是报应。哪里有只要女的一怀孕，男的就必须娶的道理。"

林晓鸣原本对这绯闻的男女主角都没有太多好感，特别是绯闻女主从来都以爆负面新闻来要挟各个项目买广告的威名著称，林晓鸣对她一直都是敬而远之，内心对她的作派也是颇为不屑。但不知道为什么，听了高朗的话，林晓鸣心里却升腾出一种极其不舒服的感觉。

"听你这话的意思，好像这未婚先孕的错都在女人身上，男人自己爽了就没毛病了？"林晓鸣扔瓜子皮的时候明显加了力气，有点儿恨恨的样子。

高朗埋头在水池里洗洗涮涮，完全没意识到林晓鸣情绪发生了变化，自顾自地说道："怀孕当然是两个人的事儿，但女人在生育这件事上总是有更大的主导权，真不想怀孕肯定是有办法避免的。敢未婚先孕的无非是赌男人的责任心，但是一个都还没成为丈夫的人，怎么就一定能承担爸爸的责任呢？真就是硬着头皮结了婚的那种，也会觉得自己没享受到婚姻的自由选择权。"

高朗的话没毛病，听到林晓鸣的耳朵里却句句都带着男尊女卑的话外音，"想要自由选择权，那就把措施做好了啊！没有承担避孕的责任，就要承担当爹的责任，别告诉我，你们男人上床之前不知道后果可能是什么。"林晓鸣声音高了八度，甩下一句话，扭身出了厨房。

突然意识到林晓鸣生气了，高朗加快了手里的动作，麻利收拾了东西，追到了客厅，搂着林晓鸣道："你这是生哪门子气啊！咱们不是聊别人的事呢吗？要是现在你怀孕了，我立马八抬大轿把你娶回家。"

高朗这个马屁当真是拍在了马蹄子上，林晓鸣的脸一下子黑了，她甩开高朗圈着她的胳膊，扭脸盯着高朗一字一句地说道："你以为我林晓鸣需要用孩子来威胁你娶我吗？对不起！我不稀罕！"言罢从沙发上站起身，走进卧室一摔门就没有声音了。

高朗从头到尾都没明白自己到底哪句话得罪了林晓鸣，生平第一次和女人说要把她娶回家，却被回了一句"不稀罕"，心里也觉得憋屈，再没有兴趣追进卧室里哄林晓鸣，于是一个人坐在沙发上打开电视消磨时间。

林晓鸣一个人回了卧室，本能地做了几个深呼吸。随着呼吸，她心头的无名火开始渐渐平息，取而代之的是观察者的回归。回想刚刚与高朗的对话，明明从头到尾都在聊别人的事情，她为何就会感觉高朗句句话都充满了对女性的贬低，到最后甚至让她觉得自己被轻辱了呢？师父说过，一切的感受都来自内在，那这种女人卑微的内在感受，又是何以存在于自己的意识当中呢？林晓鸣百思不得其解，干脆拿起手机，把心里的困惑写到了练习报告里，提前发给了夏宇。

夏宇回信的时候，林晓鸣和高朗已经和好如初，两个人正腻歪在沙发里看碟。见是夏宇的回信，林晓鸣从沙发里跳了起来，直接去了书房，把夏宇的文件导到电脑里，以方便阅读。

"晓鸣，对于你内在感受到的关于女性的卑微，我想从两个层面来探索一下它形成的可能性。

“首先，先看你自身的状态。你的外在呈现，是一个各方面能力都非常强的女人。但作为人，我们是一个阴阳平衡的整体。你外在有多少的阳，内在就一定有多少的阴；外在有多少的强，内在就一定有多少的弱。因此从理论上讲，外表越是强大的人，内在就越存在着不为人知的柔弱。

“我们之所以会将生命当中的某一部分隐藏起来，最大的可能性就是因为我们视其为负面的、不好的事物。我记得你和我讲过，从小觉得母亲偏爱你哥哥，很可能你在那个时候就已经确认，你之所以不能获得母亲的爱，最重要的原因就是你是个女孩子。在你的潜意识里，就容易形成女性是不如男性的性别认知。在你的表意识里，你隐藏了所有女性弱势的面相，尽可能地展示出和男性一样的社会竞争力，也是为了让你自己不去面对‘女性是不够好的’内在认知。”

看到这里，林晓鸣点了点头，她从小的确经常指责母亲重男轻女，看来男重女轻这个想法在她内心根植已久啊！她不由得叹了口气，以示感慨，随后继续看了下去：

“从另外一个层面来讲，我们所身处的社会还有非常强大的集体意识。无论我们的头脑如何被现代化科学文明洗礼，我们的无意识中总有一部分追随祖先意志的力量，使得我们无条件地尊崇着历史的认知。在过去几万年人类进化的过程中，男尊女卑是全世界的普遍认知。所谓男女平等，还需要若干代女性不懈努力，才有可能真正达到。在这样强大的集体意识的驱使下，你的内在存有‘女性是卑微的’这样的想法，也是不足为奇的。

“当我们知道这个念头背后可能存在的力量时，我们可以更宽容地接纳自己的想法，特别是看起来错误的，会创造出我们生命当中的阻碍的那些想法。所有的无意识，一旦进入我们的头脑意识，就不能再在我们的生命中肆意妄为。从今天开始，每当你觉察自己又陷入女性身份被贬低、被损毁的体验当中，首先就要去自己内在看见这是属于自己过去的以及历史的认知，然后看见你的生命已经展现出的，身为女性的强大和力量。同时允许自己在生活中展示你柔软，甚至柔弱的部分，这不是女性的懦弱，而是身为人就必定存在的部分。你对自己的柔弱越宽容，你就会越少地感受到针对这部分的指责。Julian 之前给你的关于增加阴性能量的练习，你可以保持修炼的频率，它可以让你内在的柔弱以更美好的方式得以延伸。

“我很高兴，你通过今天和高朗的小冲突，觉察了自己内在所压抑的关于性别认知的扭曲。很多优秀的职场女性，就因为始终不愿意面对自己内在有被压抑的信念，以致让自己越来越呈现铜墙铁壁般的生命状态。尽管这样的确帮助她们隔离了碰触到内在软弱的机会，但同时也永久隔离了她们拥抱幸福的可能。所以当我看到你现在如此敞开，就看见了你未来更多幸福的可能性，真是很为你开心！

“最后，祝福你在亲密关系这个工作坊中，得到更多的成长！ David。”

## 30 / 学会表达而非暗示需求

八月中旬是林晓鸣的生日，这是两人相恋之后的第一个重大日子，高朗自然是挖空心思要给她一个惊喜。林晓鸣出差前，高朗问过她想怎样过生日，林晓鸣随口说了句怎么样都行，两人开心就好。她一直觉得太热闹都是过眼云烟，小浪漫反倒长记于心，所以从没想过要刻意庆祝生日。

林晓鸣是在生日当天下午落地北京的，走出到达口，就看见高朗捧着一大束玫瑰花站在正对面的围栏外，她开心得像只小鹿一样蹦跳着冲进高朗的怀中。在机场见到高朗，林晓鸣心里掠过一丝小甜蜜，旅途的辛苦也瞬间消散了不少。

高朗载着林晓鸣径直去了酒店，原以为等待她的是温馨的二人世界，谁知到了酒店房间，高朗又是安排她换礼服，又是安排她化妆，然后直接把她领到了楼下的宴会厅。进入房间，林晓鸣一时有点儿发傻，明晃晃的灯光下，熟悉的、不熟悉的人足足有百十来人，齐声高呼的“生日快乐”都有点儿震耳欲聋的味道。好在林晓鸣也算个见过世面的人，回过神来自然就游刃有余地迎来送往，只是心里着实觉得很累。

“看来你真是完全不知情啊，”得了空，叶阑把林晓鸣拉到了一旁，忍不住笑道，“我看你一进门的表情……高朗这次怕是把惊喜搞成惊吓了吧！”

“哎……”林晓鸣满脸无奈，“你觉得我看上去像这么虚荣招摇的狮子女吗？你说这高朗是怎么想的？”

两人没说两句话，又有人来和林晓鸣碰杯，祝她生日快乐。林晓鸣礼节地应酬着，送走了来人，转身和叶阑说道：“谁来和我碰杯，我都要喝一口，明明我过生日，怎么感觉我还要伺候别人！”

“人家高朗也是想让你高兴，”叶阑劝解着，“你以为请这么多人来容易啊！他请我帮他联系人，前后都找了我三次。里里外外这么多事，都人家一个人操办，我看赶明儿你们俩结婚的事他一个人也能搞定。”

“你快省省吧！你别忘了他是干什么的，他一个负责公共关系的，手里净是这些资源。他办着不累，我参加累啊！”林晓鸣说着不由得翻了个白眼。

“晓鸣，你这个小寿星怎么躲在角落里自己开心啊！”孟晓灵挽着夏宇走了过来，“明天上午我要参加个研讨会，晚上回去还要准备一下稿子，我们就先走了，你们年轻人好好玩儿。生日快乐！”说着话，孟晓灵张开双臂，温柔地拥抱了林晓鸣，随即又转身抱了叶阑。

林晓鸣见夏宇夫妇要走，提出要送二人到酒店门口，夏宇见她执意如此，也就随她了。往外走的路上，孟晓灵轻拍了拍林晓鸣挽着自己臂膀的手道：“今天累了吧，看你的脸色不太好。”

林晓鸣点点头：“连出了几天差，今天下午飞机才到北京，的确有点累。师父，”她侧头向走在孟晓灵身旁的夏宇说道，“明天您有时间吗？我想和您聊聊。”

在一起工作这么长时间了，林晓鸣还是第一次在工作计划之外的时间临时提出要和夏宇聊聊，夏宇侧头注视了她一下，点头道：“你下午一点半到工作室来吧，我等你。”

三人走到酒店门口，夏宇驻足道：“我们的车就在外面，你回去吧，里面还有一堆朋友等着你招呼呢！”停顿了一下，他看着林晓鸣，“晓鸣，无论庆祝生日的形式怎样，记住，你都是可以选择快乐的！生日快乐！”

第二天林晓鸣到达工作室的时候，夏宇正在看书，见林晓鸣的精神有点儿萎靡，夏宇笑问她昨天晚上玩到几点。

“都快到凌晨一点了，”林晓鸣说着打了个哈欠，“我早上七点又爬起来去公司处理工作。师父，麻烦您今天给我沏杯茶吧，太困了。”

夏宇起身沏茶，林晓鸣目光追随着他的身影，“师父，您说我是年纪大了，还是自己一个人过独了？我怎么会觉得谈恋爱之后麻烦事变多了呢？”

“你这才过完三十一岁生日的人，跑到我这快六十的人面前说年纪大，不太合适吧？”夏宇把茶杯放在林晓鸣面前，笑盈盈地问道，“来，说说你都多了哪些麻烦事？”

“就是那些我明知道他是好意，我却一点儿也不想做、不喜欢做的事情，”林晓鸣端起茶杯放到嘴边，觉得太烫，于是又放了下来，“我想直接拒绝他又不行，肯定会伤了他的心。”

“就像昨天的生日派对，是吧！”夏宇替林晓鸣补充道。

林晓鸣点点头："我出差好几天，紧赶慢赶，赶在生日当天回来，就是想和他体验小别胜新婚的甜蜜。他倒好，整了一屋子人过来，有几个我甚至都叫不出名字！"林晓鸣扶着额角，"看着那么热闹，心里反而特别冷清。我自己的生日，都不能如我所愿，唉……"

"你和高朗提前说过生日你想过二人世界吗？"

"怎么没说过呀！"林晓鸣的语气更加无奈了，"走之前他问我想怎么过生日，我告诉过他'两人开心就好'！这两个人开心，怎么就能整成一屋子人开心，就我不开心了呢？"

"你就说了这一句'两人开心就好'？"夏宇的表情有点儿哭笑不得，"你认为'两人开心就好'等于'我要过二人世界'吗？"

"相差很多吗？猜也能猜出这个意思吧？！"林晓鸣一脸不解地反问道。

"在男人的世界里，这两句话的意思可是有着天壤之别。前者的重点在于开心，让两人开心的方法有很多，既可以是排他的卿卿我我，也可以是三五好友的相聚，当然也可以是像昨晚那样众人一起嬉笑的大聚会。而后者的重点才是二人世界。"夏宇两手一摊，笑道，"像你这样的表达，嘴里说的是自选动作，心里想的却是规定动作。男人一出手，基本上百分百都是失误动作。”

林晓鸣被夏宇的话逗得噗嗤笑出了声，随即琢磨了一下，虽然觉得有道理，但心里总还有小别扭：“那我把话都百分之百地说明白了，他就算做出来，还有什么意思啊！谈恋爱谈的就是两人心有灵犀呀！”

“谈恋爱不是在谈心有灵犀，而是在谈懂男女的不同。”夏宇正色道，“男性和女性大脑结构的不同，使得双方在语言表达和理解能力上有巨大的差异。”夏宇边说，边在纸上画了两个大脑的结构图，“女性的大脑功能呈扩散性分布，零零星星地散步在左右脑上，同时女性大脑中的胼胝体厚，所占比例高，有较大且深远的神经网络，使得女性左右脑信息的传播更加有效。因此女性能从说话者的表情、语调、不自觉的身体语言和手势中猜测说话者的真正意图，表现在日常生活中，就是我们常说的善解人意。但男性的大脑是泾渭分明的，左脑掌管语言能力，右脑则处理空间视觉信息，单纯且集中的分布使男性较女性更不易分心、更加专注，但男性链接两个脑的纤维束比女性小，信息的交替就会受较为严重的限制，所以将视觉信息和语言信息综合起来的能力，男性是比较不在行的，表现在日常生活中，就是我们常说的榆木疙瘩。[5]”

夏宇放下笔，把画着两个脑结构图的纸推到林晓鸣眼前：“所以，作为女人，千万不要期盼你的男朋友既充满了男子气概，又善解人意。因为他的男子气概绝不仅仅充溢在他的身体里，更体现在他大脑的结构中。当你以为已经非常清晰地通过语言暗示了男人你的意图，同时以眼神、表情、身体语言充分对意图做了补充说明的时候，男人很可能最多只是接收到了你语言的表面信息，至于所有的补充信息，他可能直接就忽略掉了。因此和这样的男人最好的沟通方式，是简单清晰地告诉他你的诉求，你会发现结果会皆大欢喜。套用一句广告语‘他好，你也好’！”

夏宇的一席话，听得林晓鸣恍然大悟，她两眼盯着夏宇画的图，若有所思地点着头：“怪不得呢，我好几次都觉得自己说得很明白了，就差一层窗户纸没捅破了，结果人家根本理解不到。我还以为是他没花心思理解我的意思，原来是他没这个能力啊！这么看来，留了层窗户纸倒是我自己有问题了。”

“我们都习惯由己度人，自己能够做到的，认为别人理所

---

5　根据《脑内乾坤：大脑也有性别》（安妮·莫伊尔、戴维·杰塞尔著）第 3 章大脑的功能结构的内容整理而来。

应当能做到。所以你会这样理解高朗，也是情有可原的。不过，你要说高朗没在你身上花心思，你师父我，都替他喊冤。”夏宇打趣道。“在我看来昨天的生日宴，他之所以要弄这么大仗势，就是因为太在乎你，想官宣一下你名花有主了，不是每个男人都有勇气主动站到自己爱人的朋友们面前的。所以晓鸣，”夏宇放缓了语速，“试着去体会对方行为背后的意图，你就能更理解、包容他的行为。”

# 31 / 那些因为大脑而来的差异

夏宇讲述的关于男女大脑结构差异方面的知识，引起了林晓鸣强烈的兴趣，她好奇地问:“师父，男人和女人大脑的不同，还能造成我们生活中哪些方面的差异和冲突呢？”

“那可就多了，”夏宇身体向后，靠入沙发里，“基本上在生活中，你见到男女在处理同样事情时，会采取不同的方式和手法，深究其原因，或多或少都和男女大脑建构不同有关。不过，在亲密关系中，最常见的沟通错位、情绪冲突和性认知的不同，与男女大脑建构差异的关系非常紧密。”

“您快给我讲讲。”林晓鸣忽闪着一双凤眼，完全没有了半小时前哈欠连天的困倦样儿。

“沟通错位我们刚刚已经谈到了，现在讲讲情绪冲突。”夏宇指了指林晓鸣面前摆放的画了男女脑结构的纸，“男人感受体验和情绪处理的功能在右脑的位置，表达感受的语言功能却被安排在了左脑，两脑之间信息交流又不是很通畅，这就好像情绪被关到了一个特别的空间里，使得男人常常觉得很难去表达自己的情绪。当男人与女人吵架的时候，你会发现男人常常前面说了几句，后面就不说话了，因为吵架需要情绪和语言无障碍的转换，在压力的环境下，这对大多数男人来说是不可能完成的任务。也就是说，此时的沉默不是男人在逃避问题，而是他们束手无策。”

“原来如此，”林晓鸣眼睛都亮了，频频点头道，“我原来最恨的就是每次吵架，我越生气，我男朋友越沉默，说什么都毫无反应，简直是要把肺都气炸了。有时候我在床上气得翻来覆去睡不着，他在旁边打着呼噜，我简直恨不得一脚把他踹到地上。”

林晓鸣说着，脸色自然地带出了咬牙切齿的样子，把夏宇逗得哈哈大笑。夏宇道：“你要知道，男人大脑的设计更喜欢去处理事情，而对于人际关系或者私人的信息常常忽视。所以男人在表达情绪的时候，也是喜欢去找一件事做，比如他对你有歉意了，可能会在第二天买束花，或者早点儿回家做顿饭；比如他觉得你无理取闹，就出门溜达一圈，或者干脆呼呼大睡。这些却不是女人想要的，女人永远想听见男人说‘对不起亲爱的，别生气了’。之后呢，最好再加上十句八句的‘我爱你’。但这些对大多数男人来说，是有悖于他们大脑的逻辑结构的，即便偶尔一次做到了，下次出现同样情况，也很难复制。”

林晓鸣无奈地摇摇头：“这在我们女人看来，就是不长记性，屡教不改！次数多了，难免猜测他一定是不够爱我，所以才对我不用心。今天才知道，原来这事儿是大脑决定的，不是心能决定的。”

“没错！”夏宇点点头，“说完男人，我们来说说女人。女人的左右大脑都有情绪处理的功能，使得女性的感知力更加敏锐，但同时也就让女人在处理情绪问题的时候，常常将情感和事情夹杂在一起，感性和理性混作一团。所以在现实生活中，经常可以看到，女人因为男人没浇花而和他吵架，吵着吵着就把之前男人答应过她但又没做到的事情都翻出来了。最后呢，却因为认定男人从来就不把自己的话放在心上，心里根本就没有自己，男人已经不再爱自己了而伤心泪流。看起来是因为一件事在吵架，没一会儿就变成为情绪而吵架。到最后事情可能没解决，情绪还恶化了。如果再赶上女性生理周期体内激素变化的推波助澜，那爆发出来的情绪在男人看来常常是不合理性的。”

“男人要是稍微会哄哄女人，好多事儿不就过去了，”林晓鸣撇撇嘴，“偏偏男人的大脑还没这个功能。唉……”

“遇到个不善言辞的男人，女人往往认为两人矛盾的根源就是男人不愿意多交流。有调查数据表明，81% 的女性都认为她们的丈夫抗拒交流。但是晓鸣，我想你已经很清楚地知道，我们所有的情绪都来自我们的内在，与我们的伴侣如何行事并没有直接的关系。当你决定原谅你男朋友的行为时，他说的任何一句话或者做的任何一件事，你都会认为他在和你示好，找个台阶两人就重归于好了。但如果你决定绝不原谅他的时候，无论他说什么，即便说一百次‘我爱你’，你也可以认为他是在毫无诚意地耍嘴皮。所以，”夏宇意味深长地看着林晓鸣，“自己情绪的坎儿，只能是自己抬脚才能迈过去。”

“今天知道男人这么‘笨’了，我以后才不会和他们一般见识呢！”林晓鸣挥了挥手，一副大度的样子，但话一出口，忽然想到夏宇也是男人，忙一脸谄媚地笑着改口道，“师父您不算在内啊！您是情商和智商都在线的少数派男人。”

“我也一样，当年没少惹 Julian 掉眼泪。年轻的时候我也属于你们年轻人嘴里的直男。”夏宇对林晓鸣的话倒是不以为意，“要不是研究了心理学，又持续修炼自己的内在，让我在两个人有矛盾的时候能够保持平和，然后再用我掌握的知识去理解她的需求，我们很可能也会是一对儿怨偶。”

见林晓鸣一脸难以置信的表情，夏宇耸耸肩：“知道和做到从来都是两回事。如果缺少持续践行和自我觉察，小我就会始终掌控我们的生命。像我这种少年得志的人，小我都会特别强大。我和 Julian 刚在一起的时候，每当冲突出现，一切知识、道理都不复存在了；等理智回归的时候，又不断地自我谴责。我也是走过相当长的一段弯路，才明白懂得心理学并不意味着幸福和解脱，有时候反而会多了很多抨击和否定自己的视角。要想把知识活成自己生命的智慧，唯有持续不断地自我修炼。这也是我一开始就要求你每日必须完成练习的原因。”

夏宇的话，让同样是少年得志的林晓鸣很是触动，反思自己这段时间练习做得有些敷衍，她暗下决心今天开始要更加专注才行。

“好了，咱们现在聊聊男女在性行为上认知的不同吧。”夏宇话锋一转，又回到了之前的话题上，“性行为是在荷尔蒙和大脑共同作用下而发生的，无论男性还是女性，唤醒性欲望的最重要的荷尔蒙都是睾酮。男性不仅身体内睾酮的成分比女性高，同时男性大脑对于睾酮的反应更为强烈。此外，男性最主要的知觉管道是视觉，所以当面前的女性是陌生而美丽的，这就足以令男性兴奋起来。我们通常看到在两性关系的前段男性总是"性"趣盎然，而当两人非常熟悉之后，视觉刺激就不复存在，男性也就表现得兴趣索然。

"美国对于婴幼儿进行研究，发现男婴对于人脸和气球的反应是完全一样的，但女婴完全不同，她们会注视着观察者的眼睛，时间是男婴的两倍以上。儿童时期，男孩子更喜欢玩汽车和变形金刚，但女孩子更喜欢洋娃娃和过家家。不难看出，男人的头脑天然对物体更感兴趣，而对关系兴趣索然。所以他们也容易将任何一件事情物化，包括性。在男人眼里，性就是一件客观的事情和动作，而不是维持关系的手段，他们分区管理的大脑，也是将性放在一个独特的空间区域，与情绪、感受等很少相关。"

林晓鸣听到这里，不由得鼻孔出气，悻悻地道："原来都说男人是下半身动物，我看不如说男人的上半身就是下半身。"

"的确，女性很难接受性只是动作，因为女性通常渴望通过性使得双方进入更深层的关系。女性的知觉通道是多方面的，触觉、嗅觉、味觉、听觉缺一不可，所以女性需要充分的前戏——爱抚、亲吻、耳边细语来激发自身的性兴奋。在女性的大脑当中，性是和各种情绪的信息联通在一起的，结果就是女性会因为爱而做爱，也希望从做爱中体会到被爱。

“简单总结一下，对于做爱这件事，男人要性，女人要爱；男人要肉体，女人要关系[6]。”见林晓鸣一脸的扫兴，夏宇笑道，“这是客观的事实，不用去抗拒它。正是有了这些研究，才会有越来越多的书籍开始教‘男人要想爽，就先让你的女人爽’之类的攻略。作为女人，如果能了解男人对于性本身就是物化的，就不会用性去惩罚对方。我们都知道，对于一件反复得不到的东西，我们或者就是不要了，或者就是去其他的地方得到它，不是吗？”

林晓鸣的脑子倏然一转，想到因为生日聚会的小怨气，昨晚和今早她都故意躲开了高朗亲密的索求，嘴上说是累了、太忙，但潜意识里她是在用性惩罚高朗，她自己在拒绝的时候，甚至都没有意识到自己的动机。

不知道夏宇是读出了林晓鸣的心思，还只是无意地补充，

6　本章中脑科学的研究内容根据《脑内乾坤：大脑也有性别》（安妮·莫伊尔、戴维·杰塞尔著）的内容整理而来。

他接着说道:“女人潜意识里都深谙一个道理，如果想打击一个男人，从性着手是最有效的。无论是语言上的讥讽，还是行为上的拒绝，都会让男人从身心两方面否定自己。所以，如果你不是想让这个男人真的不行，或者让他的身体离开你去找别人，就千万不要尝试用性去攻击他。”

林晓鸣沉默了片刻，轻叹了口气，感慨道:“这男女之间可真复杂，有些问题不知道就永远意识不到呢！”

“的确，”夏宇点点头，“我研究两性关系这么多年，发现宇宙竟然安排让男人和女人这么截然不同的两个物种彼此吸引、结合，除了使生命得以繁衍之外，我相信这背后还有更深刻的意义。”

夏宇的话引发了林晓鸣的思索，她低着头轻咬着自己的大拇指沉默了片刻，抬头看着夏宇道:“师父，这会不会是一个让我们更快打破自我边界的方式呢？”

夏宇没有答话，只是用眼神鼓励林晓鸣继续说下去。

“两个完全不同的人，如果想要在一起能够幸福快乐，就要放下很多各自坚守的标准，去接纳对方的方式，发现同样的事情还可以有很多不同的可能性，这个过程同时不也是弱化小我的一个过程吗？”

“是啊，所以我才会说亲密关系是一个工作坊，让你的人生持续成长。你还有充足的时间可以慢慢探索其中的意义。”夏宇的嘴角挂着个耐人寻味的笑容，“今天咱们就聊到这里，快回去和高朗补过你们俩的二人世界吧！”

# 32 / 生命的核心伤痛

十一的时候，林晓鸣和高朗一起去了土耳其的厄吕代尼兹飞伞。作为世界上知名的滑翔伞飞翔圣地，厄吕代尼兹特有的稳定气流和美丽景色无疑是最适合林晓鸣这样的菜鸟级选手练习的地方。从她学习滑翔伞开始，高朗就在她耳边念叨“你一定要去趟厄吕代尼兹，那里就是滑翔伞的天堂”，使得林晓鸣对这个土耳其的小岛有着难以名状的憧憬。这趟旅程又是两人相恋后第一次携手远游，自然又有了些特别的意义。

登上土耳其航空公司的飞机，林晓鸣忽然想起她和高朗就是在澳大利亚回京的航班上相识的，瞬间觉得狭窄的机舱多了几分舒适的感觉。她用胳膊肘碰了碰身边正在屏幕上翻找电影的男人，问他是不是还记得两人第一次见面的场景。

“当然记得。”高朗扭过头，一脸笑意，“我上飞机的时候，你已经魂游天际去了。我中间扭头看了你好几次，深深佩服你在飞机上睡觉的功力。你不知道，像我这种在飞机上睡不着的人，对你有多少的羡慕、嫉妒、恨啊！”

“如果我当时没搭理你的话，你会主动和我说话吗？”林晓鸣突然脑洞大开地问道。

高朗认真地想了一下，摇摇头：“不知道，主要是不知道从哪儿开始聊比较好啊！而且我当时的心态，也没有着急找女朋友，脑子里没想法的时候就更没有搭讪的欲望了。”

“那我和你说话的时候，你有没有觉得我太唐突了？”林晓鸣追问道。

“当然没有，一个美女和我聊我喜欢的滑翔伞，还各种崇拜地说我好棒，好厉害！”高朗一脸陶醉的夸张表情，“我甚至觉得，我自己一直摆弄 iPad 里的视频和照片，就是等你醒了关注到我呢！”

林晓鸣被高朗的样子逗得哈哈大笑：“看来真是像师父所说的，想开始一段恋情的人，一定要主动出击，反正到最后男人永远都觉得是自己掌控了恋情。”

“你这无所不能的师父，到底何时可以让我请他老人家吃顿饭啊？”高朗对林晓鸣口里的师父着实好奇，生日宴上虽然见到本尊，怎奈现场人多事杂，当时也没有交谈的可能。

“师父说了，时候到了自然就可以。”林晓鸣谈话的焦点显然还集中在之前的话题上，“我师父曾经教过我一招，说只要女人看着男人明确地朝他微笑，就有很大的概率可以吸引男人主动过来和女人聊天。可惜我当时离你太近了，朝你微笑也只有你的后脑勺能看到，没机会实验一下师父这招灵不灵。”

高朗听言，先是不在意地笑了一下，紧接着扭过头盯着林晓鸣，故作威严地道：“我可警告你啊，你师父这招不许随便去试验了啊。”

林晓鸣嘻嘻哈哈地冲着高朗做了个鬼脸，倒头睡去。

地中海明媚的阳光，蓝宝石色和绿宝石色交相辉映的海水以及蔚蓝天空下五颜六色的滑翔伞，共同组成了厄吕代尼兹独特的美。一到小镇，扑面而来的热烈和活力，让林晓鸣忘记了十几个小时的旅途辛劳，拉着高朗就朝海滩而去。看着滑翔伞从头顶掠过，飞行员在自己的正前方降落，林晓鸣兴奋地举着手机一通拍照。

两人第二天一早便背着伞包上山了，作为只放飞过几次的新手，林晓鸣心里既兴奋又紧张。坐车上山的路上，高朗在她耳边反复交代着起飞和降落的动作要点，林晓鸣嘴里嗯嗯啊啊应允着，心却早飞到了1700米高的山顶起飞场，迫切地想体验一把飞翔在蓝天碧海间的美妙感觉，对于高朗的反复叮咛，她知道是为了自己好，但听得多了，还是觉得有点儿啰唆聒噪。

林晓鸣连续飞了两趟，起降都特别顺利，这让她心里颇有点儿小骄傲。高朗虽然也夸赞了她，但下午回看她飞伞视频的时候，不断地指出她这里做得不对，那里做得有欠缺。林晓鸣先还是虚心受教的姿态，但越来越觉得高朗数落起自己没完没了，完全就是小题大做，心里烦躁的小火苗蹭蹭上蹿，扔下伞包不飞的心都有了。

意识到自己的情绪正在失控，林晓鸣找了个理由回酒店房间独处了一会儿。呼吸回到自己的内在，她忽然觉察到自己的内心居然有种巨大的、认为自己不够好的力量。高朗对于她飞伞的指点，无疑唤醒了她内在这部分的认知，才使得她如此心烦气躁。

这种觉察让从小到大经常被批评“太骄傲”的林晓鸣一时难以接受，她一直以为自己是足够优秀的，为此也始终倾尽全力地努力。今天却发现，无论多少的优秀也填不满内心“不够好”的陷阱，骄傲不过是欲盖弥彰的幡旗。

沮丧归沮丧，但跟随夏宇学习快一年了，林晓鸣已经习惯了积极自救。她翻出之前夏宇引导她疗愈内在小孩的冥想音频，通过冥想去安抚自己内在那个感到不够好的小女孩。十几分钟过后，她觉得自己的情绪平和了下来，内心不再有那些隐隐绰绰的伤心。再回想高朗刚刚点评自己的语言和态度，好像再找不到之前指责和不屑的痕迹，依稀还体会到了对方希望自己能够完全掌握滑翔伞飞行的迫切心情。

林晓鸣飞快地组织了一下语言，将刚才的感悟编写到练习报告里发给了夏宇。正准备离开酒店去海滩找高朗，夏宇居然给她打来了微信电话。林晓鸣很是惊喜地接起电话：“师父，国内现在应该已经很晚了吧，您怎么还没休息？”

“我也在欧洲，所以和你没有时差，刚好拿着手机，看到了你的报告，就和你电话聊两句。”夏宇笑道，“首先我想说，你今天体会到的关于‘我不够好’的内在感受，是人类共有的三大核心伤痛之一，也就是说，每个人内心或多或少地都存在着这样的认知，你完全无须为自己有这样的感受而沮丧。”

“每个人都会有吗？”林晓鸣有点儿惊讶地反问道，“那些杰出的、成功的人也会有吗？师父您也会有吗？”

“当然会有，”夏宇笑了起来，“而且当年我第一次觉察到自己有这个认知的时候，震惊的程度可能比你此刻更甚！”

听到夏宇也有这样的想法，林晓鸣顿时有一种找到组织的轻松感，但内心的疑问也随之而来，她脱口问道：“为什么人人都会有呢？”

“人类在幼年时期的核心需求是爱、安全感以及自我价值感，如果没有被满足，就会在内在产生不被爱、缺乏安全感、不够好或者缺乏价值感的自我认知。孩子情绪的感知力是与生俱来的，但对事物的认知和表达能力是随着年龄增长而逐渐提升的，这二者之间的差异，导致了即便是再尽职尽责的父母，也不可能百分之百地满足孩子的情感需求。举个例子来说，一个婴儿躺在床上啼哭，母亲被教育的育儿经是‘不要孩子一哭就抱他，这样会让孩子越来越爱哭’，因此她就故意躲开不去抱孩子。母亲的本意并非不爱孩子，但对于躺在床上啼哭的婴儿来说，时间一久，他唯一的感受就是自己是不被爱的。而且这种感受一旦形成，不经过刻意地觉察和修正，往往就会跟随终生。”

“尽管我们每个人内在的伤痛认知相同，外在的表现却会因性格等呈现出截然不同的表现。以‘我不够好’的信念来说，有的人完全认同了这个观点，于是在生命里呈现出怯懦、软弱的状态；有些人则会像你一样，为了否认或者改变这个观点而不断地努力奋斗。从另一个角度来讲，‘我不够好’的念头，也是推动人类社会发展和进步的内在动因之一。”

“那照您这么说，有‘我不够好’的认知也是个好事儿了？”林晓鸣插话道。

“我只能说造物主永远是正确的。”夏宇爽朗地大笑道，“人类的三大核心伤痛，驱使着人类追逐并创造爱和安全，同时不断超越自我，这就已经确保了人类的延续和整个社会的提升！”

夏宇的话让林晓鸣完全糊涂了，脑子一时有点儿转不过来：“那应该定位它们为三大核心优势，怎么倒成了三大核心伤痛呢？”

“所谓的伤痛，就是无论多少外界的改变、提升和超越都无法填补的内心黑洞。哪怕你拯救了全世界，午夜梦回的时候，你依然需要面对自己内心的不确定，你可以让所有人因为你而幸福，却始终无法令自己真正的喜悦。”夏宇的声音沉缓了下来，“或者，就像你今天经历的一样——越是面对自己爱的人，越是感受到伤口的力量，无论是不被爱，还是被抛弃感，或者是被否定的感受。久而久之，这些感受定会创造出你生活的实相，让你在外在世界中真实体验到生命如是的伤痛。”

## 33 / 臣服是接纳的源头

林晓鸣在电话这头听着，不由得撇了撇嘴："看来造物主只考虑到物种的进化，完全没考虑过我们个人的感受啊！"

"我倒不这么看，所有这些都是让我们回到自己内心的线索，否则我们更会认为外面这个物质世界，就是我们生命的全部了。"夏宇停顿了一下，话锋一转，"对于核心伤痛的疗愈，我还想强调的是，这会是伴随我们一生的意识，不要企图改变它，而是要学会臣服于它，并与它同在。"

"臣服？"这是林晓鸣第一次在与夏宇的沟通中听到这个词，她不由得有些困惑，"这词听上去让人好有无力感啊！难道是放任这些念头在内心为所欲为吗？"

“臣服既非束手待毙，亦非毫不在意，前者是将我们自己交由他人来操纵，后者则是用忽略来表达对于现状的拒绝。”似乎是为了让林晓鸣更好地理解自己的意思，夏宇的语速很慢，一字一句地说道，“我们之前经常谈到接纳，而臣服正是接纳的源头——放弃对于当下的抗拒，无条件地全然接受一切如其所是的发生，这时你才能真正脱离头脑渴望控制一切的欲念。对于生命来说，一旦不再挣扎，一切的绳索都自动地松绑，我们才可能专注在当下最值得的行动上。举个例子来说，如果你不小心掉入一口井之中，认命等死的想法救不了你，后悔自责也同样于事无补，如果用‘这样也挺好’的安慰来自欺欺人，结局恐怕也不是你真正希望的。想最快地走出这一困局，首先需要清晰地知道自己身处困局之中，同时放下对这个局面的一切心理标签，无论是批判、抗拒或是情感否定，再根据自己所拥有的资源来采取行动。这才是臣服真正的含义。”

“您这么一说我倒是有种觉察，好像有时候要求自己接纳的时候，真的会用‘这样也没什么不好的’来安慰自己。”林晓鸣若有所思地回复道，“师父，我觉得对于臣服这个概念，好像还只是隐约知道一个方向而已。就以‘我不够好’这种伤痛而言，什么状态下才能说明我已经臣服了，而不是忽视它或者自我安慰呢？”

“首先是要能看见并且知道此刻自己正在体验‘我不够好’的认知，同时不批判、不拒绝、不否定、不恐惧、不安慰、不解释，也就是没有一切对于这个认知的情绪反馈，并能开展在那个当下你可以进行的最好的行动，这就是臣服。你在臣服的状态下，内心会是平静的，既没有遗憾，也没有抗拒。当你能够臣服于‘我不够好’的认知时，真正的谦卑就会从你的内在散发出来。”

“哇！”林晓鸣不由自主地感叹道，“听上去好难啊！”

“的确不容易，但只要方向对了，假以时日总是会有所建树的。”夏宇的声音恢复了轻松，“顺便表扬一下你，现在的觉察力和自我疗愈的能力都相当不错了，内在小孩的疗愈冥想的确适用于核心伤痛的疗愈，你还可以搭配五行敲击共同使用，效果会更加好。”

“谢谢师父夸奖。”林晓鸣美滋滋地应承道，随即又生出感慨，“我这爱听领导表扬的毛病，就说明我离臣服还远着呢！”

“美好的语言总是让人喜悦的，但不要去追逐就好。”夏宇宽容地说，停顿了一下，忽又问道，“对了，我记得你和我说去土耳其飞伞除了你们两人，还有你的教练和其他学员也都去了，对吧？”

“是啊！”林晓鸣对于夏宇话题的突转，一时有点儿摸不着头脑。

“那我建议你不要单独和高朗飞伞，让你的教练去指导你飞伞会更好。”夏宇的声音透出一丝诙谐，“虽说亲密关系是照出我们内在伤痕最好的镜子，但我们也没必要拿面放大镜来折磨自己啊！伴侣间的彼此教学，基本上等同于拿着放大镜找伤口，顺便再在伤口上撒把盐的行为——很少有人在这个过程中能区分点评和批评、指导和指责、担心和不耐烦、关心和急躁之间的差异，到最后教学失败是小，情感破裂可就得不偿失了。”

傍晚时分，林晓鸣和高朗牵着手在海滩上漫步，细碎的鹅卵石海滩，初踩上很是硌脚，但走得久一些，竟然有了按摩足底般的舒适感。偶尔有一个浪冲上来，两个人就驻足站在海水里，感受那一刻涌动带来的小温暖。

“朗，我们明天和教练他们一起飞伞吧。”林晓鸣迎着夕阳抬起头，笑盈盈地望向高朗。

“好呀！”高朗抬手将林晓鸣被风吹到脸上的头发拂到了耳后，“看你下午气鼓鼓的样子，还以为你明天不飞了呢！”

“这都被你看出来啦！”林晓鸣一脸夸张的表情，“莫不成你和我师父一样都有读心术啊！”

高朗哈哈大笑：“你那个样子我还需要读心术？你回酒店的时候我就在想，幸亏这是在土耳其，如果在北京的话，估计你一脚油门就干脆回家了。”

“估计正确。”林晓鸣装作非常赞同地点着头，两人随即一起笑了起来。

“我这个人最大的缺点就是不经说，不管指导、意见还是建议，在我听起来都像是批评，所以下午听你说那些话的时候，我就会很抗拒。”林晓鸣把头轻靠在高朗肩上，慢声细语地说道，“今天我已经意识到这些批评实际上来自我的内在，和你说了什么并没有关系。亲爱的，对不起！希望你不会因为下午我的反应而生气。”

高朗抬起手搭在林晓鸣的肩膀上，环着她慢慢地向前走着：“我也是太着急了，一次说那么多，其实你也消化不了。你回去的时候我也反思了一下，你在新手里已经飞得相当好了。说到底，滑翔伞还是要靠多飞才能找到感觉，讲那么多道理，却打击了你的积极性，一点意义也没有。”

高朗的这番话，令林晓鸣有些意外。相恋四个月，林晓鸣深知高朗的内心固守着男人的骄傲，他可以哄人、关心人，却很难开口承认自己有问题。即便真是做错了什么，他也是习惯于以行动去补救，而非语言。刚才的对白，是林晓鸣第一次听到高朗言语上的歉意，这让她不由得想到夏宇曾经说过的“当你开始变化，你世界里的一切都将随之变化”的道理。

“谢谢你为我做的一切，”林晓鸣停下脚步，依偎在高朗的怀里，“我现在真是觉得好幸福呢！”随后长长地舒了一口气，双臂环在了高朗的腰间。

高朗没有答话，只是更加紧地抱住了林晓鸣。两人相拥着站在海浪偶尔涌上的沙滩上，看着夕阳一点一点滑落进海平面……

# 34 / 爱情保卫战

从土耳其回来，林晓鸣一头扎进了工作里。十一过后，国家连续出台了若干项调控政策，旨在抑制房地产市场的增长泡沫，这让素有“金九银十”销售惯例的市场，突然弥漫起一片观望的气息，所有营销人员都不得不提前面对年度任务冲刺的压力。十月底又赶上一个项目的交房节点，现场抢工和交房前期准备工作夹杂在一起，使得林晓鸣每天需要审批和决策的事务量激增。经常一天的会开下来，她到家后动都懒得动。有一天高朗还在和她聊天，她就已经在沙发上睡着了。

高朗这段时间也同样忙得马不停蹄，本来临近年底就是公关事务的高峰期，偏偏公司的两款新品为抢占市场，将中国区的首推时间从明年的一月份提前到了今年的十一月份。眼下发布会召开在即，高朗每天也是沉浸在“文山会海”里，甚至有两晚在公司整到了后半夜，干脆连家都不回了，就在办公室眯了一觉。

两人就这样各忙各的，偶尔凑个时间在一起吃顿晚饭都像给自己放了个假一样。繁忙的时候日子总是过得飞快，想想到年底不过就50多天了，两人互相鼓励说扛到12月31日，再一起出去度个假。

谁知这度假的计划说了还没有一周，两人的关系却遇到了前所未有的挑战。

周四一早，林晓鸣去项目现场看了交房工作的进展，开完现场会回到公司的时候已将近中午。一进公司大门，前台小姐立刻站起身招呼她，说有位戚薇薇女士自称高朗先生的朋友，在接待区等了她一上午。

林晓鸣心里有些奇怪，高朗这几天并没有提及会有朋友来找她，戚薇薇这个名字对她而言也是完全陌生的。她沉吟了一下，让前台小姐5分钟后带这位女士到她的办公室来。

往办公室走的路上，林晓鸣拨通了高朗的电话，连响了五六声也未见对方应答。猜想高朗一定是在会议中，于是她挂断电话打开微信，简单地写了“戚薇薇是谁？”几个字，给高朗发了过去。

林晓鸣在办公室刚刚坐定，就听见敲门的声音，她的目光直接落到了前台小姐身后的女人身上——高挑的身材，妩媚的长卷发，精致的妆容，膝上三寸的短裙露出两条修长笔直的腿，在北京的冬日里分外吸睛。

“戚小姐，您是高朗的朋友？”见前台小姐带上了房门，林晓鸣脸上挂着礼貌的微笑，开口问道。

“林小姐，我叫戚薇薇，是高朗以前的女朋友。”戚薇薇的声音里透着知书达理的优雅，“今天冒昧来打扰你，是想和你谈谈我和高朗的事情。”

戚薇薇的语调平稳，声音不大，林晓鸣却听出了其中攻城略地的侵略性。她略低垂了眼皮，下意识地做了个深呼吸，随即抬眼笑盈盈地看着戚薇薇：“既然你是高朗的前女友，你和高朗的事情，应该去找他谈，而不是来找我。”

“我已经找过高朗了，”戚薇薇话语间有一丝失落，但随即恢复了正常，“我知道他现在很为难，因为有你在他身边，所以我想和你聊一聊。……”她还想继续说什么，被林晓鸣一个停止的手势制止住，不由得收了声音。

“戚小姐，现在是我的上班时间，我不方便在办公室和你聊高朗，无论你们之间有什么样的问题，我觉得自己应该都帮不上你，所以我建议你还是去找高朗。如果你坚持要和我聊，麻烦你去楼下酒店的咖啡厅等我，我十一点半午休的时候会下去找你。”林晓鸣说完这番话，打开了面前的笔记本电脑，一副慢走不送的表情。

戚薇薇见状站起身来，微笑道：“没问题，那我就在楼下咖啡厅等你，一会儿见。”

戚薇薇前脚跨出林晓鸣办公室的门，后脚高朗的电话就打了过来。林晓鸣没好气地接起电话，劈头盖脑就问高朗他到底干了什么，让前女友找到了自己门上，居然还会知道自己在哪里办公。

“晓鸣，你别生气，我什么都没干！”高朗的声音明显凌乱了，“薇薇她前两天从澳大利亚回来说想和我复合，我告诉她我已经有女朋友了，她不信，我就说了你的名字，我猜她是从网上查到了你的信息。她还在你那里吗？”

高朗一句“从澳大利亚回来”让林晓鸣明确了戚薇薇就是他的初恋女友，而这两天他对此事却只字未提，这让林晓鸣顿时有一种被欺骗的感觉，声音不由得高了起来：“她回来找你，你为什么不告诉我？”

“我看你那么忙，怕说出来影响你情绪。”

“怕影响我情绪？！”林晓鸣鼻子里冷哼了一声，“你觉得现在我被人堵着门要谈谈她和我男朋友的事情，我情绪如何？”

高朗一时语塞，沉默了片刻道：“我现在过去，咱俩见面谈，有什么事情我来处理。”

“你别，”林晓鸣手扶额角，“我下午还有会，你过来咱俩也没时间谈，戚薇薇我自己能打发走。我忙完手里的事情就回家，咱俩回家谈吧！”

挂了高朗的电话，林晓鸣梳理了一下手里的信息。在她的意识里，但凡一个女人主动去找另一个女人解决问题，就说明这个女人手里的筹码不足以让男人站到自己的一边。与另外一个女人的见面，要不然就是寻求对方的同情，让对方放手；要不然就是搞乱对方的阵脚，让其与男人闹起来，最终把男人推到自己怀里。所以林晓鸣坚定了绝不深探戚薇薇和高朗之间状态的想法，相信自己越与其保持距离，越可以理智而客观的看待。

林晓鸣到达酒店大堂的时候，见戚薇薇正对着眼前一杯冷了的咖啡发呆，完全没了半小时前走进她办公室时的优雅和自信。林晓鸣径直走上前去，坐下不等戚薇薇开口，直接道："戚小姐，我下午还有很多事情，希望你我的谈话能在十五分钟内结束。我知道你是高朗的初恋女友，你无论是想叙旧还是想探讨未来，你都应该直接去找他。我对你们之间的事情不感兴趣，想必也没什么能够帮到你。"

林晓鸣的冷淡、平静和果断拒绝，是戚薇薇始料未及的，她愣了一下，随即点点头。"我不会耽误你太多时间的。林小姐，你和高朗是今年春节后才在一起的吧？"见林晓鸣轻轻颔首，戚薇薇了然地道："那你们在一起的时间不超过十个月，而我和高朗曾经在一起七年。林小姐，你觉得七年的感情和十个月的感情相比较，哪个会更深刻一些呢？"

林晓鸣耸耸肩，一脸的不在意："比较首先要找到一个相同的维度，我和高朗正在一起，而你和他只是曾经在一起，这两件事根本不在同一个时空维度中，怎么比较？"

显然林晓鸣比戚薇薇想象的还要难搞，她咬咬嘴唇，下意识地掏出手机："为什么不能比较？我知道高朗一直对我都有感情，今年春节他去澳大利亚的时候，我们俩还在一起过。你看，这是当时我们在酒店拍的照片。"说话间，戚薇薇把手机递到林晓鸣的眼前。

林晓鸣拼命压制着自己的好奇心，眼睛定定地望着戚薇薇，瞟都没瞟手机一眼："戚小姐，我说过我对你们的事情不感兴趣，那个时候我还不认识高朗，他和谁在一起都和我没关系。"停顿了一下，她继续道："如果你说春节你们俩还在一起的意思是你们春节的时候还曾经发生过关系，我想提醒你一句，在我们女人看来性是感情的象征，但在男人看来，性就是性而已。所以，我劝你别想太多了。"

林晓鸣最后几句话像刀子一样扎在了戚薇薇的心里，她脸色煞白，眼睛里也蒙上了一层水气，再开口时，声音里竟充满了哀求的味道："林小姐，你看你各方面的条件都这么好，年纪轻轻就事业有成，离开高朗，你肯定能找到一个更出色的男人。而我除了高朗，什么也没有，我的心从未离开过他。我求求你，就把他让给我吧……"说到后来，言语渐渐被呜咽声淹没。

林晓鸣叹了口气，从桌上抽了几张纸巾递了过去，声音也柔和了下来："戚小姐，我们虽然是第一次见面，但我能感受得到你也是极具素质修养的，让你现在这样低下头恳求我，想必你也一定是万般无奈的。"

林晓鸣这几句和风细雨的话，句句说中了戚薇薇的心，她的眼泪像断了线的珠子一样落下。林晓鸣见状，又递了几张纸巾过去："但是你嘴里所谓的我各方面条件都好，每一种好的背后，都有你所不知的甘苦和付出。当你在澳大利亚的海滩上晒太阳的时候，我可能正在楼上的会议室挑灯夜战……包括我自己的感情，也是经历了伤痛、挣扎后，学习并自我疗愈，才有了和高朗今天的幸福。戚小姐，刚刚你说你什么都没有，但在我看来，你既有颜值又有学历。所以我很好奇，这些年你为了你自己以及你的感情都做过什么呢？要知道，这世上从没有任何人能成全你，能成全你的唯有自己的努力。"

"最后我想说的是，高朗不是一件物品，我无权让渡他。"林晓鸣站起身来，向戚薇薇伸出了手，"但是戚小姐，我依然祝福你未来能幸福！"

# 35 / 跳脱自我

林晓鸣到家的时候，高朗已经坐立不安地等了她快一个小时。听到指纹锁滋啦啦的响声，他立刻窜到了门口，一把就把刚刚拉门而进的林晓鸣揽在了怀里。

“亲爱的，别生气了，”高朗小心翼翼地观察着林晓鸣，“薇薇和你都说了什么？”

“能说什么？”林晓鸣推开高朗的手臂，白了他一眼，“无非是你们那点儿莺莺燕燕的事情，告诉我你有多爱她，我有多碍事呗！”

“晓鸣，我和你在一起之后绝没有碰过她一个手指头。”高朗有点儿慌了，他最担心的就是戚薇薇把那些照片拿给林晓鸣看，都是近景照片，解释也解释不清楚，“那些照片都是今年春节在澳大利亚的时候，她来找我，我一时……”

“不用解释，”林晓鸣挥挥手，“戚薇薇没冤枉你，就是告诉我你们春节的时候还曾经在一起。我对那些不感兴趣，一张也没看，所以你可以放心了。”林晓鸣边说话，边进去换衣服、洗手、去厨房给自己倒水，高朗就屁颠儿屁颠儿地跟在她身后满屋子地转。

“那现在都说明白了，就别生气了。”高朗见林晓鸣一脸严肃，完全没有了平时的笑模样，心里难免有点儿心虚，“我明天就劝她回澳大利亚去。”

“高朗，你是真不明白我为什么不高兴吗？”林晓鸣放下手里的杯子，“戚薇薇回来找你，你怎么会对我只字不提？她会来找我，定是在你那里已经软磨硬泡一段时间了，你居然认为根本没必要告诉我？”

“我是真觉得这段时间你这么忙，不想让你心烦。”高朗力不从心地解释道。

林晓鸣盯着高朗的眼睛：“只要我们在一起，我们俩的事情永远是第一位的。你不会觉得我协调这点儿家事和工作关系的能力都没有吧？”见高朗讪讪地，不知如何接话，林晓鸣叹了口气：“我知道你是想多一事不如少一事，最好能把她哄走了，对我来讲什么都没发生过。但你有没有想过，一旦我知道了你这种事情欺瞒我，就是在破坏我对你的信任——如果你们之间真的什么事情都没有，干吗不敢告诉我？”

“还有，”林晓鸣喘了口气，接着道，“你到底怎么和戚薇薇谈，是你的事儿。我只是提醒你，如果你真的不想伤害她，最好这次就把话说明白。别让她误会你是因为现在和我在一起，身不由己放弃她。想两边讨好的人，往往最后两边都不落好。当然，”林晓鸣的声音缓和了下来，“我也希望你自己考虑清楚，在我和她之间，能有一个让你自己不后悔的选择。”

林晓鸣的最后几句话，命中了高朗心里的挣扎。自从戚薇薇三天前出现在他面前，哭着说要回到他身边时起，高朗的内心就深陷在纠结当中。从感情上来讲，他此刻心里装着林晓鸣，自是放不下，但看见戚薇薇哭得梨花带雨的伤心，他又觉得应该给她些保护才稳妥。他一心想着先把戚薇薇劝回澳大利亚，感情的事情后面再慢慢处理，最好是戚薇薇爱上别人了，他可以随时放手也就没有什么遗憾。

林晓鸣见高朗沉默以对，马上意识到自己说中了高朗内心的犹豫。原来戚薇薇嘴里的“他对我一直是有感情的”并非是其一厢情愿的臆想，而是郎情妾意的小恩爱。这个念头让林晓鸣心里徒然涌起一阵伤悲，她苦笑了一下，声音里多了几分凄凉："看来不只是戚薇薇放不下啊！"言罢，她觉得一切都索然无味，一个人卷缩在沙发里，不再说话。

"晓鸣，"不知过了多久，高朗打破了沉默，"我不是放不下戚薇薇，我只是不忍心再伤害她。毕竟我们曾经在一起七年，现在她不顾一切地要回到我身边，甚至连尊严都可以不要地哀求我……你不知道她从前是多么骄傲的一个人……"高朗停顿了片刻，继续道，"我清楚自己现在爱的是你，我不会离开你。但你能不能给我点儿时间，让我慢慢帮她放下？"

"慢慢放下？"林晓鸣一脸难以置信的表情，不相信这样的话是从高朗嘴里说出来的，"你们分手几年了？八年、十年？这么长时间她都没放下，你觉得你需要多少时间帮她放下？慢慢放下……"林晓鸣嘴角挂起一丝冷笑，"你究竟是想帮她慢慢放下，还是让你自己慢慢捡起来？"

周四晚上，林晓鸣直接去了另一间卧室休息。周五早上起来，顶着一双红肿得像桃子一样的眼睛去了公司。林晓鸣憔悴的样子，让高朗看得着实心疼。出门前高朗试图抱一抱她，不但被她直接挣开了，还惹得她又涌出两行泪，嫌他轻贱了自己，又去轻贱别人。

整个上午，林晓鸣过得像苦行僧一样艰难。人多的时候，尚且能够保持平静，一旦自己一个人在办公室里，每隔十分钟她就提醒自己要关注呼吸，不要陷入伤心，但意识离开呼吸没一会儿，她就不得不再次开始关注呼吸。

中午，林晓鸣接到了夏宇的电话，让她晚上到家里来吃饭。夏宇温和沉稳的声音，抚慰了她的心。马上就能见到师父的期待，也让林晓鸣整个下午好过了许多。

林晓鸣到达夏宇家小区的时候，天已经完全黑下来了。孟晓灵站在打开的屋门前等她，林晓鸣开车远远地看见，就觉得有一屋子的爱和温暖在等着她，鼻子一酸，又有想哭的感觉。和高朗发生的这一切，因为自己尚不知该何去何从，所以她除了写在了昨天的练习报告里，没和任何人说起。而这无以诉说的压力，难以避免地增加了她的孤独感，此刻突然看见光明的方向，心里自然是有些喜极而泣的脆弱。

“师娘！”林晓鸣扑进孟晓灵张开的怀抱中，低低切切的声音里满是委屈。

“好了，先洗手吃饭，”孟晓灵轻轻拍了拍林晓鸣的后背，声音里满是慈爱，“吃完饭和你师父聊聊。”

晚饭后，夏宇带着林晓鸣到了书房，十五分钟的静心冥想后，夏宇看向林晓鸣，“来，说说到底发生了什么吧！”

林晓鸣把事情始末原原本本地给夏宇讲述了一遍，说到最后高朗的态度，心里的委屈又升了起来：“师父，他口口声声说心里装的是我，但和戚薇薇那边又拉扯不清，他怎么就不会考虑一下我的感受？男人难道都这么没原则吗？”

“经历这样的挑战的确不容易。”夏宇目光满是理解，注视着林晓鸣道，“晓鸣，你在土耳其的时候，我曾经在电话里和你谈过的臣服这个概念，你还有印象吗？”

林晓鸣眼帘低垂着点了点头：“看见自己的状态，放弃对当下的抗拒，不以任何情绪作为反馈，采取自己认为正确的行动。”

“总结得非常好。”夏宇一直非常赞赏林晓鸣的学习能力，“我现在邀请你，跳出你自己的身份，来看待你当下正在经历的事情。如果你觉得这样太难，我们也可以假设身边人发生了同样的事情，尝试以自己的视角，去寻找最好的解决方式。比如你的同事正在经历同样的事情，她来寻求你的帮助，你会给她怎样的建议呢？”

林晓鸣是个代入感非常好的人，夏宇的假设刚刚描述完，她已经如临其境地看见同事向她求助的画面，她思考了片刻后回复道："我会先让她明确自己对于这段感情状态的标准或者要求；然后让她清晰这样的标准和要求对她而言可能存在的利弊，如果坚持这个标准就要承担这样的后果；最后让她和对方沟通，沟通有可能会产生新的结果，需要她衡量结果与之前标准的差异，是否可以接受，并承担随之而来的利弊。"

"不错！条理明确，思路清晰！"夏宇点头表示赞赏，"那我们不妨就依照你的思路，来看一下林晓鸣现在应该怎么办，可好？"

"我……"林晓鸣刚一张嘴，夏宇立刻抬手做了个停止的动作，"记住，不是你，而是林晓鸣。"

林晓鸣有点儿迷惘地看向夏宇，他睿智的目光平静地注视着她。片刻后，她突然领悟到，夏宇是要她跳脱自我的身份，从更高的视角独立而全面地看待整件事情，以便找到当下最好的处理方法。

"林晓鸣要先明确她对于感情的诉求，如果她坚持'彼此唯一的陪伴关系'为自己的感情诉求，就要承受对方可能无法坚持而要面临的分离，下一步就需要她和自己的伴侣沟通，如果结果她无法认同的话，那就要承担分离的结果。”林晓鸣语气平和地说完上面一番话，垂眼沉默了片刻，抬眼望向夏宇，轻声道，“师父，但分离真的很痛。”

# 36 / 接受一切如其所是

“的确很痛。”夏宇的脸在平和中流露出慈悲，“晓鸣，你知道痛从何来吗？”

“对比吧，”林晓鸣犹犹豫豫地说，对这个答案并不是很确定，“不都说拥有的快乐越多，失去的时候痛苦越大吗？”

“这只是表面上的原因，”夏宇摇摇头，“所有痛苦的根源都在于期望。”

“有期望不是很正常吗？”林晓鸣皱着眉头，甚是不解的样子，“我们不就是因为有期待、有期望才会不停地去努力、去改变吗？我爱一个人，总是会期望他也爱我，希望我们能有未来，难道这也不对？”

“这当然很正常，而且越是亲密的人，越容易产生对伴侣以及与伴侣相关的期望。”夏宇耐心地解释着，“晓鸣，期望本身没错，问题在于很少人能意识到，期望是出自我们自己内心的选择，所以需要对期望承担责任的是我们自己。伴侣可以选择如我们所期待而行事，也可以坚持他自己的想法，这是他作为一个独立的生命必然享有的权利。如果我们一旦认定，在一段关系里，因为自己付出了，所以就享有要求对方依照自己期望行事的权利，那就一定会创造出失望、指责、痛苦和怨恨。”

林晓鸣听夏宇的道理都觉得心累，但却也知道他说的是对的，沉默了半晌，低声问道：“师父，如何算是对自己的期望承担责任了呢？”

“在期望产生的时候，要提醒自己，它属于你自己，而不是对方必须遵从的。向对方表达你的需要，最终允许对方依照他的判断行事，如果一切如你所期，表达感谢和感恩，如果不如你所愿，尊重对方的决定，并决定你在那个当下可以做的选择。”夏宇能够感受到，林晓鸣的内心越来越敞开并接纳他所说的话，停顿了一下继续道，“就拿你和高朗的事情来说，你可以期待他快刀斩乱麻，处理掉戚薇薇的纠缠，但如果他决定慢慢放手，你就要知道这是他处理自己的事情所享有的权利。所谓尊重，就是不用你的情绪去反应或者攻击他人的行为。你可以告诉他，你理解他的做法，但你不认同这样的方法，所以你会选择离开。”

“但是，我明明就是不能理解他的做法。”林晓鸣仿佛又看见了高朗左右为难的表情，内心一阵绝望，“师父，我不能为了说这些好听的话就骗自己啊！”

“是不能理解，还是不愿意理解呢？”夏宇语气平和，语意却犀利起来，“高朗顾念旧情，不愿意直接拒绝戚薇薇，抛开这种行为的逻辑和后果来看，他的本意是善良的，不想戚薇薇因为他而受到更多的伤害而已。这种善良是他的本性，我想也是他吸引你的一个原因。如果我没记错，你的情感需求当中也是有这一条的，对吧？”见林晓鸣点了点头，夏宇接着道：“你爱上一个善良的人，就应该知道，他的善良是针对他生命中所有人而言的，而不是仅仅针对你。换之言，如果今天高朗对戚薇薇无情，他未来对你也一定是无情的。”

夏宇的话一针见血，让林晓鸣有点儿无处遁形，她低下头，嘴里喃喃地嘟囔着：“但善良也是要有原则的吧？”

“原则？我看高朗的原则很清楚嘛！就是他不会离开你，也保证不做所谓对不起你的事，只是他不想直接告诉戚薇薇他永远不会和她在一起了而已。”夏宇故意眨眨眼，“但是他的原则和你的原则不太一样，对吗？”

“嗯，”林晓鸣不情愿地哼了一声，叹了口气道，“我知道，有怎样的原则，这是他的权利。”

“晓鸣，”夏宇的身体略微前倾，目光温和地注视着林晓鸣，“‘接受一切如其所是’，这不是一个需要你时不时去想想的道理，而是生命的实相。无论你是否愿意接受，它都如此发生、发展。所有对它的抗拒，只会制造你生命的苦痛。我们所说的臣服、接纳、尊重，也都因它而来，你只有真正地进入它，甚至开始享受它的时候，你的生命才会活成随心所欲的样子。”

夏宇的一番话，让林晓鸣的心慢慢安定了下来，她沉默地思索着，半天没有声响。夏宇也不急于再说什么，只是平和地注视着她。

“师父，我知道该怎么做了。”再开口时，林晓鸣的眼睛里再没有先前的委屈，取而代之的是一种清透的平静，“像我这种从小习惯了升级打怪的人，做到‘接受一切如其所是’不容易，但我会尽力而为的。”

夏宇脸上挂着欣慰的笑容：“我相信你会做得越来越好的！”

林晓鸣夸张地做了几个深呼吸：“我要从您这儿多吸收点儿平和的能量，来面对我今晚的‘一切如其所是’。”

“晓鸣，关于你的感情，离别可能是你的课题。”夏宇若有所思地看着林晓鸣，“在你过去的情感中，你一旦爱上了，无论这段感情多么煎熬，你都没有力量离开，一定要等到被迫分离的结果。我感受到，学会告别可能是你的课题。也许你学会了放手，感情反而会追随着你，而不是像现在一样，需要你不停地努力抓取。”

“的确，告别对我来说很难，”林晓鸣又做了一个深呼吸，“也许就从今晚开始尝试吧！”

林晓鸣到家的时候已经将近十点，她见房间里亮着灯，却没看见高朗人在哪里。正打算给高朗拨电话的时候，忽然透过客厅的纱帘，隐约看到露台上一个高大的剪影。

林晓鸣推开露台的门，一股烟味扑面而来，花架上一个矿泉水瓶子正临时充当着烟灰缸的角色，满满一肚子的“货色”，像是在宣告着吸烟者的心烦意乱。

看到这一幕，林晓鸣有点儿心疼，高朗平时很少吸烟，想必也是无以解忧才会如此。她轻叹了口气，从后面环住了高朗，把脸贴在了他的后背上。

听见露台门的声响，高朗猜是林晓鸣回来了，正要转身，却已经被她抱住。今天一天林晓鸣对于高朗是微信不回、电话不接，原以为她回来肯定要继续冷战，没想到却会如此温存。高朗一时愣在原地，只是把手放在林晓鸣的手上轻轻抚弄着，过了许久才问道："才下班吗？"

"不是，"林晓鸣摇摇头，手臂稍稍松开了些，高朗顺势转过了身子，林晓鸣看着他的脸，"我刚刚去我师父家了。"停顿了一下，她望着他的眼睛，"高朗，咱们谈谈吧。"

"好，外面冷，进去说。"

两人回到屋里。灯光下，高朗全没有了平日里的意气风发，紧锁的眉头拉扯得脸部的线条都僵硬了起来，看上去格外憔悴。林晓鸣将手指放在他的眉间，轻轻舒展着他的眉头，轻言道："今天和她谈得不顺利？"

"嗯，"事已至此，高朗也不隐瞒，"她坚持要留下来，不走了。"

"那你现在打算怎么办？"林晓鸣平心静气地问道，高朗只是沉默。

"朗，在答应做你的女朋友之前，我师父曾经让我列过一个需求表，让我把自己喜欢的人的诉求写清楚。我当时写了很多，其中就有'善良''能承担自己的责任'，我选择你，是因为我知道你是这样的人。”林晓鸣的声音轻轻柔柔的，就像在讲故事一样，高朗专注地看着她，完全被她吸引住了，“你想让戚薇薇不被你的拒绝伤害，是你的善良；你想顾全她的高傲和尊严，是想尽你是她前男友的责任。所以，我理解你。”

高朗一脸难以置信的表情，他一把握住林晓鸣停留在他脸上的手：“真的吗？真的吗？我的晓鸣最是通情达理的……”他一边说着，一边情不自禁地亲吻了林晓鸣的手。

“真的，”林晓鸣宽容地笑笑，此刻欣喜的高朗，在她眼里就像个绝路逢生的孩子，“但是，朗，我对爱情的理解是彼此唯一的陪伴关系，即便你一切条件都如我所愿，但如果你不想走入‘唯一’和‘陪伴’的关系当中来，我们之间就不存在爱情。我们可以是兄妹、是好友，但不会是情侣。”

“是唯一啊！”高朗急急地解释道，“晓鸣，我发誓！我绝不会和薇薇做任何对不起你的事情的。”

林晓鸣轻轻地摇了摇头。“唯一不仅仅是放在彼此心里，也要在我们和这全世界每一个人沟通的语言中，更要在与我们相关的每一个行动里，缺一不可。”她停顿了一下，目光悠悠地看着高朗，“你可以告诉戚薇薇，我是你此刻唯一愿意陪伴的人吗？”

“我……”高朗一时语塞。

“你不用着急回答我。”林晓鸣声音平稳而宁静，“我也好，戚薇薇也好，我们都是因你的生命而来，你对于你生命中所有的事情都享有百分百的权利。所以无论你做了怎样的决定，我都会尊重。只是如果爱情不再唯一，我想我会离开，继续去寻找属于我的唯一的陪伴。”

“你要……和我分手吗？”高朗迟疑地问道，一时间像是从巅峰坠落到了谷底。

“我接受不了和其他人分享你，我就只能选择离开你。”林晓鸣抬手轻抚高朗的面颊，掌心划过处都是留恋，“日子就是我们每个人的选择，所有选择的后果，也只有我们自己能够承担。”

“你……决定了。”高朗的声音有些颤抖。

林晓鸣依然轻轻柔柔地摇头：“不，我是在等待你的选择。一周可以吗？”她征询的语气听在高朗的耳朵里，却有着不容置疑的坚定。

这一夜，高朗紧紧拥着林晓鸣，好像一松手，怀里的人从此就会消失不见……

# 后记

周日的时候，林晓鸣去公司里加了半天的班，临近中午见事情处理得差不多了，打算下午忙里偷闲去做个SPA，给自己放松一下。

手机响起的时候，林晓鸣正在收拾书包，见是陌生号码，她接起电话礼节性地问候道：“您好！哪位？”

“林小姐，我是戚薇薇。”电话里传来的声音知性而优雅，“我今天晚上的飞机回澳大利亚，不知道林小姐下午有没有时间，我想请你喝杯茶。”

林晓鸣略微迟疑了一下，随即笑道：“好啊！你在哪里，我过去找你。”

“不用，我已经退房了。你对北京比较熟，你找个地方吧，我打车过去。”戚薇薇停顿了一下，很客气地补充道，“最好去机场方便些，我五点前要去机场。”

林晓鸣在丽都附近找了家茶馆，她提前二十分钟到了那里。看着戚薇薇走进茶馆的时候，她觉得戚薇薇的确美得像一道风景，连她这个女人看到都觉得赏心悦目。

“林小姐，”戚薇薇在林晓鸣对面坐下，“抱歉，又耽误你的时间了。”

“没关系，叫我晓鸣吧。”林晓鸣回报以微笑。

“晓鸣，”改了称呼，戚薇薇显得还有些不适应，“我就是想当面和你道个歉，那天如此冒昧地闯到你的办公地打扰你办公，实在不好意思。”

林晓鸣笑着摇了摇头，算作答复。

“高朗昨天和我说，你是他此生唯一愿意陪伴的人，我想我和他的缘分很久前就已经落下了帷幕。所以很抱歉，突然回国打扰了你们的关系。”戚薇薇表情里有遗憾，有难过，也有一些释然，“高朗告诉我，你是如何理解他的行为的，让他很感动。实话说，我当时听到后的第一反应觉得那是你的伎俩，但后来想到我们见面那天你对我所说的话，我觉得你内心是真的豁达。我在网上查过你的资料，你比我还小四岁，没想到你做事这么成熟，让我很是敬佩！”

林晓鸣笑了，“你介意我叫你薇薇吗？”她询问道。见戚薇薇摇了摇头，她继续道：“我唯一知道的高朗前任女友的事情，就是关于你们当年分手的原因——他说你喜欢国外的生活环境，他坚持回国发展，你们谁也无法说服谁所以分手。我当时就很佩服你！我觉得你懂得什么是自己要的，并且勇敢地承担选择的结果，不因为感情而屈从于对方。这在我过去的情感世界里，完全是不可能的事情。我用了十几年的时间，才刚刚开始学会这一点。”

“那你一定觉得我很可笑，”戚薇薇惭愧地低下了头，“十年前是我坚持分手，十年后又是我如此苦苦哀求他和好。”

“你为自己认为值得的事情已经拼尽全力，现在就不用再遗憾了。”林晓鸣的声音带着宽容，像是在说一件和自己没有关系的事情一样。

“可能在我心里，一直觉得当年留在澳大利亚就是一个错误，感情、事业都错过了最好的机会，所以我现在不敢相信自己的选择。”明明应该是情敌，但不知为何，戚薇薇对林晓鸣有着一种莫名的信任，竟然将内心从未对外人诉说的心情和盘托出。

林晓鸣理解地点点头："我能感受到你很茫然。我相信你也懂得所有的选择都有利弊。想去享受这个选择，就去看见其中利的部分，努力改变弊的部分，但如果确定这个选择需要被推翻，那就全力以赴地重新来过。任何时间都可以重新开始啊！"

戚薇薇轻轻地摇摇头："晓鸣，我已经三十五岁了。你刚刚三十出头，不会了解，到了我这个年龄，就会突然觉得一切好像都要失去了，青春、美丽、精力……但我人生各方面都还毫无建树，我觉得自己完全没有机会重新开始了。"

"薇薇，你现在三十五岁，可能不如二十五岁的你年轻美丽，但一定比四十岁的你精力旺盛，不是吗？"林晓鸣深深地望向戚薇薇，"你的教育背景说明你不缺乏学习力，如果你认为此刻的你毫无建树，那可能与你这几年给自己的定位和努力相关。只要你自己愿意付出，我相信一定会有所长。更何况现在的你依然美艳动人，别说男人，就是我这个女人看着都喜欢！就这一点，你不知道自己比一般的女孩子多出多少优势呢！"

林晓鸣的鼓励，让戚薇薇的眼中闪动出光芒，她轻轻垂下了眼帘，掩饰着内心的感动。两人一时都没有再说话，只是静静品着手中的香茗。

两人走出茶馆的时候，冬日的夕阳正挂在茶馆房脊的一角，映得天上的云满脸绯红，空气中弥漫着素淡的暖煦。

戚薇薇伸出手，真诚地看向林晓鸣："晓鸣，这次回国，很高兴能够认识你，你和高朗让我看见了爱情最美的样子，祝你们能一直幸福下去。"

听闻戚薇薇的祝福，林晓鸣露出她标志性的明媚笑容，她回握住戚薇薇的手："谢谢你！"她抬起脸，眼中映着冬日的彩霞："我师父曾经告诉我，爱情呈现的就是我们与自己的关系。我始终期待看见更好的自己，所以，我也始终相信能够看见爱情更好的样子！"